사건

L'événement

KB106043

아니 에르노
윤석헌 옮김

사건

L'événement

일러두기

1 인·지명은 대체로 외래어 표기법을 따랐으나 몇몇 예외를 두었다.

2 본문의 각주는 기본적으로 옮긴이 주이나 원주의 경우 따로 표시하였다.

이중적인 소원. 사건이 글쓰기가 되고 글쓰기가 사건이 되는 것. **—미셀 레리스**

기억이 사물들을 끝까지 바라보는 것만은 아닐지도. **—쓰시마 유코**

차례

사건 —— 9

바르베스 역에 내렸다. 지난번처럼 지상에 있는 지하철 역사 아래로 남자들이 무리 지어 기다렸다. 사람들은 저렴한 타티 상점의 분홍색 쇼핑백을 들고 인도를 걸어 다녔다. 마젠타 대로로 접어들자, 밖에다 점퍼를 걸어 둔 빌리 의상점이 눈에 들어왔다. 한 여자가 나를 향해 걸어왔는데, 건장한 다리에 굵은 무늬로 짜인 검정 스타킹을 신었다. 병원에 가까워질 때까지 암브루아즈파레 거리에는 사람이 거의 없었다. 궁륭 형태로 장식한 엘리자관의 긴 복도를 따라 걸었다. 유리로 막힌 긴 복도를 따라가느라 처음에는 뜰에 자리한 야외 음악당을 보지 못하고 지나쳤다. 병원을 나설 때, 이런 것들이 어떻게 보일까 생각했다. 15번 문을 밀고 들어가서 3층으로 올라갔다. 검진 창구에 번호가 적힌 종이를 제출했다. 여자는 카드 상자를 뒤져 서류가 들어 있는 크라프트지 봉투를 꺼냈다. 손을 내밀어 봤지만 봉투를 내게 주지는 않았다. 그녀는 봉투를 책상 위에 놓고, 잠시 앉아 있으면 호명하리라고 말했다.

대기실은 맞붙어 있는 두 구역으로 나뉘어 있었다. 사람들이 더 많이 있는 진찰실 문 쪽으로 가까이 다가갔다. 가지고 온 과제물을 검토하기 시작했다. 내가 들어오고 바로, 긴 금발의 아주 어린 여자가 번호표를 내밀었다. 그녀에게도 봉투를 주지 않는지, 그녀 또한 호명할 거라고 말하는지 쳐다봤다. 멀찍이 떨어진 곳에서 몇몇은 이미 차례를 기다리고 있었다. 유행하는 옷을 입은 약간 머리가 벗어진 삼십 대 남자, 워크맨을 듣는 젊은 흑인 남자, 의자에 깊숙이 앉아 있는 주름진 얼굴의 오십 대 남자가 눈에 띄었다. 금발 여자 뒤로 사십 대 남자가 들어왔고, 거침없이 자리에 앉더니 서류 가방에서 책을 꺼내 들었다. 그다음에는 커플이 들어왔다. 임신해서 배가 나온 여자는 레깅스를 입었고, 남자는 정장 차림이었다.

잡지 한 권 없는 탁자 위에는 유제품을 섭취해야 하는 이유가 적힌 안내 책자와 『에이즈 양성 반응 이후 어떻게 살아갈 것인가?』라는 제목의 책만 있었다. 커플 중 여자가 남자에게 뭐라 말을 하더니, 자리에서 일어나 팔로 남자를 끌어안고 쓰다듬었다. 그는 두 손으로 우산을 짚은 채 말도 없이 움직이지 않았다. 금발 여자는 거의 감은 듯 보일 정도로 눈을 내리깔고, 가죽점퍼를 접어 무릎에 올려놓은 자세를 보아하니 몹시 긴장한 것 같았다. 발밑에는 커다란 여행 가방이 있었고, 등에는 작은 가방을 메고 있었다. 그 여자가 다른 사람들보다 더 두려움에 떨어야 할 이유가 있을지를 생각해 봤다. 주말여행을 가거나 지방에 사는 부모님 댁에 가기 전에 결과를 확인하러 온 것 같았다. 분홍 치마에 검정 스타킹을 신은, 말랐지만 젊고 활력이 넘치는 의사가 진찰실에서 나왔다. 의사가 번호를 불렀다. 아무도 반응을 보이지 않았다. 옆 구역에서 대기하던 사내가 빠르게 지나가는 바람에, 그의 안경과 말총머리 밖에 보지 못했다.

젊은 흑인 남자의 이름을 불렀고, 그다음엔 다른 쪽에 있는 사람들을 호명했다. 같이 온 커플 중 여자 말고 누구도 말을 하거나 움직이지 않았다. 의사가 진찰실 문 앞에서 나타나거나 누군가 그곳에서 나올 때만 모두 고개를 쳐들었다. 다들 나오는 사람을 눈으로 좇았다.

여러 차례 전화벨이 울렸는데, 약속을 잡거나 진료 시간을 문의하는 전화였다. 한번은 접수대 직원이 전화를 한 사람에게 대답하기 위해 혈액 검사원을 찾으러 가기도 했다. 그는 "양이 정상 수치예요, 거의 정상이에요."라고 반복해서 말했다. 그 소리가 침묵 속에 울렸다. 전화를 건 이는 분명 에이즈 바이러스 보균자였을 터다.

과제물 검토가 끝났다. 흐릿하지만 똑같은 장면이 끊임없이 떠오른다. 7월의 토요일과 일요일 사이, 섹스하는 몸의 움직임과 사정. 여러 달 동안 잊고 있었던 이 장면 때문에 나는 여기 있었다. 벗은 두 몸이 얼싸안고 움직이는 자세가 죽음의 춤처럼 여겨졌다. 보채는 바람에 다시 만나기로 했던 그 남자는 오로지 내게 에이즈 바이러스를 주고자 이탈리아에서 온 것 같았다. 그럼에도 불구하고 섹스를 하는 몸짓과 부드러운 피부 그리고 정자, 이 모든 것을 내가 병원 대기실에 있다는 사실과 결부시킬 수는 없었다. 무엇도 섹스와 연결시킬 수 없으리라고 생각했다.

의사가 내 번호를 불렀다. 진찰실 안으로 들어가기 전에, 의사가 밝은 미소를 지어 보였다. 좋은 징조이리라 생각했다. 진찰실 문을 닫으며, 그녀는 아주 빠르게 "음성이에요."라고 말했다. 웃음이 터져 나왔다. 그다음부터 진찰실에서 의사가 늘어놓는 말이 귀에 들어오지 않았다. 의사는 유쾌하고 호의 적인 인상이었다.

아주 빠르게 계단을 내려왔고, 아무것도 보지 않은 채 왔 던 길을 되돌아갔다. 한 번 더 구원받았다고 생각했다. 금발 여자도 마찬가지일지 알고 싶어졌다. 바르베스 역에 밀집한 사람들은 여기저기서 분홍색 무늬가 인쇄된 타티 상점의 쇼 핑백을 들고 양방향 플랫폼에서 마주 보고 서 있었다.

1963년, 라 리부와지에르에서, 지금과 똑같은 공포와 불 신 속에서, 똑같은 방식으로, N. 의사의 판정을 기다렸던 순간 이 떠올랐다. 그러니까 내 삶은 오기노 방식[1]과 1프랑짜리 자 판기 콘돔 사이에 자리한다. 이것이 삶을 가늠하는 적절한 방 법이다. 심지어 그 무엇보다 더 확실한.

---

1   1924년 일본의 산부인과 의사 오기노 규사쿠(荻野久作)가 제안한 생리 주기에
    따라 배란일을 계산하는 방식.

1963년 10월, 루앙에서 생리가 시작되기를 일주일 이상 기다렸다. 쾌청하고 온화한 날들이었다. 너무 이르게 외투를 꺼내 입었고, 몸은 무겁고 무기력했다. 개강을 기다리며 빈둥거리다가 스타킹이나 사러 다녔던 백화점 안에서는 특히 더 그랬다. 에르부빌 거리에 있는 여학생 기숙사 방으로 돌아오며, 팬티에 비친 피를 볼 수 있기를 내내 바랐다. 매일 저녁마다 수첩에 또박또박 '아무것도 없음'이라고 쓰고 밑줄을 긋기 시작했다. 자다가 깨었던 밤에도 곧바로 '아무것도 없음'을 알아차렸다. 작년 이맘때 소설을 쓰기 시작했는데, 이 일이 아주 오래전 일처럼, 마치 다시는 되풀이될 수 없는 일처럼 여겨졌다.

어느 오후에 이탈리아 흑백 영화 「직업」[2]을 보러 영화관

---

2   Il posto. 1961년 에르만노 올미(Ermanno Olmi) 감독의 흑백 영화로 이탈리아 네오리얼리즘 전통에 속하는 성장 영화.

에 갔다. 첫 직장의 사무실에 있는 젊은 남자의 삶은 느리고 우울했다. 영화관은 거의 비어 있었다. 비옷을 입은 신입 사원의 홀쭉한 실루엣과 그의 모멸감을 보며, 희망 없는 영화의 침통함 앞에서 나는 생리가 시작되지 않으리라는 사실을 깨달았다.

어느 날 저녁, 표 한 장이 남았다고 하는 기숙사 여학생들한테 이끌려서 연극을 보러 갔다. 「닫힌 방」[3]을 상연했고, 나는 그때까지 한 번도 현대극을 본 적이 없었다. 객석은 꽉 차 있었다. 생리가 시작되지 않았음을 끊임없이 상기하며, 굉장히 밝은 무대를 멀리서 바라보았다. 파란 드레스의 금발 에스텔과 눈꺼풀 없는 붉은 눈에 하인처럼 옷을 입은 사내밖에 기억나지 않는다. 수첩에 이렇게 적었다. '멋지다. 내 안의 이런 <u>현실</u>만 아니었다면.'

10월 말, 생리가 시작되리라는 생각을 버렸다. 11월 8일 날짜로 산부인과 N. 의사와 진료 약속을 잡았다.

만성절 주말, 여느 때처럼 부모님 댁에 갔다. 엄마가 생리가 늦어진 이유를 캐물을까 봐 두려웠다. 엄마가 매달 가져가는 빨랫감 속에서 팬티들을 확인한다는 사실을 잘 알고 있었다.

---

3 「닫힌 방(Huis clos)」은 장폴 사르트르의 희곡들 중 "가장 성공적인 작품"이라는 평가와 함께 오늘날까지 세계 각지에서 상연되고 있다.

월요일 아침에 일어났을 때 속이 부글거렸고 입속에서 이상한 맛이 감돌았다. 약사는 에파툼(Hepatoum)[4]을 주었는데, 걸쭉한 녹색 액체는 속을 더 매스껍게 했다.

기숙사 여학생 O.가 생도미니크 수도원 부설 학교에서 자기 대신 프랑스어 수업을 하겠느냐고 제안했다. 장학금에 약간의 돈을 더 보탤 수 있는 좋은 기회였다. 수도원장은 「라가르드와 미샤르」[5] 16세기 편을 손에 들고 나를 맞았다. 수도원장에게 누군가를 가르쳐 본 경험이 없다는 사실과 그래서 걱정이 된다는 말을 전했다. 그건 당연한 일이었고, 수도원장 자신도 이 년 동안 철학 수업을 가르치면서 고개를 숙인 채 시선을 바닥에 두지 않고 들어가 본 적이 없노라고 했다. 내 앞에 놓인 의자에 앉아서 그녀는 그때 기억을 흉내 냈다. 베일을 쓴 수녀의 머리밖에 보이지 않았다. 수도원장이 빌려준 「라가르드와 미샤르」를 받아 들고 나오면서 고등학교 1학년 교실의 여자아이들이 보내는 시선을 느꼈고, 토할 것만 같았다. 다음 날 수도원장에게 전화해서 수업을 못 하겠다고 전했다. 그녀는 무뚝뚝하게 교재를 가져다 달라고 말했다.

11월 8일 금요일. 라파예트 거리에 있는 N. 의사의 병원에 가기 위해 버스를 타러 시청 앞 광장으로 가고 있었을 때,

---

4   소화를 촉진시키는 물약이다.

5   「라가르드와 미샤르(Lagarde et Michard)」 시리즈는 보르다스 출판사에서 라가르드와 미샤르 두 저자의 이름을 따서 만든 총 여섯 권짜리 프랑스 문학 선집으로, 중·고등 프랑스어 교재로 사용되기도 했다. 1948년에서 1962년까지 출간되었으며 오늘날까지도 꾸준히 애독되는 책이다.

이 지역 공장 사장의 아들이며 문학부 학생 자크 S.를 만났다. 그는 내가 왜 강서 지구로 가려 하는지 궁금해했다. 위가 안 좋아서 구강외과 의사에게 진찰을 받으러 가는 길이라고 대답했다. 그는 분명하게 말했다. 구강외과 의사는 위가 아니라 입속에 감염이 있는지를 확인하는 사람이라고. 내가 둘러대서 의심하지 않을까, 그리고 나를 의사 진료실 앞까지 데려다주려 하면 어쩌나 하는 두려운 마음에 버스가 도착하자마자 성급하게 그와 헤어졌다.

진료대에서 내려온 바로 그 순간, 품이 넓은 녹색 스웨터가 허벅지 위로 내려왔고, 산부인과 의사는 임신한 게 틀림없다고 말했다. 위가 안 좋다고 생각했던 것은 입덧이었다. 어찌되었든 그는 생리를 할 수 있게끔 주사를 처방했지만, 효과가 있을 거라 믿지 않는 눈치였다. 문 앞에서 그는 명랑하게 웃음을 지으며 말했다. "사생아는 늘 예쁘더군요." 소름 끼치는 말이었다.

걸어서 기숙사로 돌아왔다. 수첩에 이렇게 적혀 있다. '임신. 끔찍하다.'

10월 초, 여러 번 P.와 섹스했다. 정치학과 학생이었는데, 여름 방학 동안 만났고 그를 보러 보르도에 가기도 했다. 오기노식 피임법에 따르면 위험한 시기라는 사실을 알고 있었지만, 내 배 속에 '그것이 생길 수 있다.'라고는 생각하지 않았다. 사랑과 쾌락을 누리며, 내 육체가 남자들의 육체와 본질적으로 다르지 않으리라 생각했다.

보르도에 머무는 동안 얻은 이미지들은 모두 — 자동차 소음이 끊이지 않던 파스퇴르 정원으로 난 방, 비좁은 침대, 몽테뉴 카페테라스, 같이 본 사극 영화 「겁탈당하는 사빈느의 여인들」[6] — 단 하나의 의미만을 가질 뿐이었다. 나는 그곳에 있었고, 임신이 되어 가는 중이라는 사실을 몰랐다는 것.

대학 생활 지원 센터의 간호사는 그날 저녁 아무 말 없이 주사를 놔 주었고, 그다음 날 아침에 또 한 대를 놓았다. 11월 11일, '1차 세계 대전 휴전 기념일' 휴일이 낀 주말이었다. 부모님 댁으로 갔다. 그때 불그죽죽한 피가 빠르고 짧게 흘렀다. 눈에 확 띄게 얼룩이 묻은 팬티와 면바지를 빨랫감 위에 올려 놓았다. (수첩: '피가 나오다 말았다. 엄마에게 대신 뭘 줘야 하나?') 루앙에 돌아와서 N. 의사에게 전화를 했는데, 그는 내 상태를 확인해 주었고, 임신 진단서는 보냈다고 말했다. 그다음 날 임신 진단서를 받았다. 마드무아젤, 아니 뒤셰느[7] 출산 예정일: 1964년 7월 8일. 나는 여름과 태양을 떠올렸다. 임신 진단서를 찢어 버렸다.

임신 사실과 아기를 갖고 싶지 않다는 사실을 P.에게 편지로 알렸다. 우리는 앞으로의 우리 관계에 대해 아무런 확신 없이 헤어졌고, 임신 중절 결정이 그에게 크나큰 안도감을 전할 수 있으리라고는 전혀 상상하지 못했지만, 나는 무사태평한 그의 태도에 고통을 줄 수 있어서 만족했다.

6   리샤드 포티에 감독이 1961년에 연출한 영화로, 원제는 L'Enlèvement des Sabines이다.
7   Annie Duchesne는 아니 에르노의 결혼 전 이름이다.

일주일 후, 케네디 미국 대통령이 달라스에서 암살당했다. 그러나 그런 사건조차 내게 별다른 관심을 끌지 못했다.

그 후 몇 달의 시간은 흐릿한 불빛에 잠겨 있다. 끊임없이 거리를 배회하는 내가 보인다. 이 시기를 생각할 때면 매번, '출항'이나 '선악의 저편' 혹은 '밤의 끝으로의 여행' 같은 문학 작품의 제목들[8]이 머릿속에 떠올랐다. 이 제목들은 매번 내가 그 당시 체험했던 느낌, 말할 수 없지만, 분명하게 아름다운 무언가에 부합하는 듯했다.

몇 해 전부터 일생일대의 사건이 내 머릿속을 차지하고 있다. 소설에서 중절 일화를 읽으면 마치 말들이 순식간에 폭력적인 감각으로 변화해 버린 듯, 나는 이미지도 없고, 생각도할 수 없는 충격 속으로 빠져든다. 마찬가지로, 그 시절 들곤했던 「자바의 여인」[9]이나 「기억력이 나빠졌어」[10] 같은 노래를 우연하게라도 듣게 되면 당혹감에 사로잡힌다.

계속 이어 갈 수 있으리라는 아무런 확신도 없이, 일주일 전에 이 글을 시작했다. 그저 그 사건에 대해 쓰고 싶다는 욕망을 확인하고 싶었다. 이 년 전부터 집필 중인 책을 쓸 때마

---

8   순서대로 버지니아 울프. 프리드리히 니체. 루이페르디낭 셀린의 책 제목이다.

9   세르주 갱스부르(Serge Gainsbourg)가 1963년 만든 노래로, 같은 시기 줄리에트 그레코(Juliette Gréco)와 세르주 갱스부르의 앨범에 각각 수록되어 인기를 얻었다. 원제는 La Javanaise이다.

10   잔느 모로(Jeanne Moreau)가 1963년에 발표한 노래. 원제는 J'ai la mémoire qui flanche이다.

다 그 욕망이 지속적으로 스며들었다. 그런 생각을 떨칠 수도 없으면서 저항했다. 그 생각에 빠져들면 끔찍했다. 한편으로는 이 사건에 대해 아무것도 쓰지 못한 채 죽을 수도 있겠다는 생각도 들었다. 잘못을 저지르게 된다면, 바로 그 일이었을 거다. 어느 밤, 나는 임신 중절 경험에 대해 쓴 책을 두 손에 들고 있지만, 서점 어디에서도 그 책을 찾을 수 없고, 도서 목록 어디에도 언급되지 않는 꿈을 꾸었다. 책 표지 아래에 큰 글씨로 '절판'이라고 적혀 있었다. 이 꿈이 책을 써야만 한다는 의미인지, 아니면 그런 경험을 글로 쓰는 일이 쓸데없는 짓이라는 의미인지 나로서는 알 수 없었다.

이 이야기와 함께 시간이 작동하기 시작했고, 시간은 내 의지와 상관없이 나를 끌고 갔다. 이제 나는 어떤 대가를 치러서라도 끝까지 가리라 결심했음을 알고 있다. 스물세 살, 임신 진단서를 찢어 버리며 임신 중절을 결정했을 때와 똑같이.

그 시절로 다시 한 번 빠져 들어가, 거기에서 찾았던 것을 알고 싶다. 이런 탐사는 내 안과 밖에서, 단지 시간에 갇혀 있었을 뿐인 사건을 유일하게 제자리로 되돌려 놓을 수 있는 이야기라는 틀 안에 기입될 터다. 당시 몇 달 동안 꾸준히 메모한 수첩과 내면 일기들은, 사실들을 설정하는 데에 요구되는 필연적인 지표들과 증거들을 제공해 주리라. 각각의 이미지와 '다시 만난다.'라는 육체적인 감각이 느껴질 때까지, 그리고 몇 개의 단어들이 튀어나올 때까지, 무엇보다 "바로 이거야!"라고 말할 수 있을 때까지, 이미지 하나하나 속으로 내려가 보려 할 것이다. 내 안에서 지워지지 않는, 당시에는 정말

견딜 수 없는 의미였거나 아니면 반대로 정말 위로가 되었을지 모를, 지금 생각하는 것만으로도 환멸 혹은 온화함으로 나를 감싸 버리는 그 문장들을 하나하나 다시 한 번 들어 보려고 하리라.

내가 겪은 임신 중절 체험 — 그것도 불법으로 — 이 끝나 버린 이야기의 형식을 띤다고 해서 그것이 그 경험을 묻히게 놔둘 타당한 이유가 된다고는 생각하지 않는다. — 정의로운 법은 아이러니하게도 거의 매번 '모든 게 끝났다.'라는 명목으로 이전 희생자들에게 입 다물 것을 강요한다. 그래서 그 이전과 똑같은 침묵을 일어나게 하는 일들을 다시 뒤덮어 버려도 말이다. — 1970년대의 투쟁들 — '여성들에게 가해진 폭력' 같은 것에 맞선 — 이 어쩔 수 없이 단순화한 문구들과 그런 집단적인 관점에 거리를 두면서, 내가 나로서는 잊을 수 없는 이 사건을 당시의 실재 속에서 과감하게 맞설 수 있는 까닭은 바로 임신 중절이 이제는 금지된 일이 아니기 때문이다.

법. 이들은 금고형과 벌금형을 받았다. ① 몇 건의 임신 중절 시술을 집도한 자. ② 의사들, 산파 전문의들, 약사들 그리고 임신 중절 시술을 추천하고 용이하게 한 이들. ③ 스스로 임신 중절에 나선 여성 혹은 그에 동의한 여성. ④ 임신 중절을 선동하고 피임을 선전한 자. 더불어 범법자들에게는 체류도 금지된다. 2번 조항에 속하는 범법자들은 고려할 것도 없이 직업 활동을 일시적으로 금지하거나 자격을 완전히 박탈한다.

『새로운 라루스 백과사전』, 1948년판.

시험을 준비하고 여름 방학을 기다리며 수업과 발표, 카페와 도서관으로 하루하루를 채워 왔다. 이제 시간은 이런 일들로 채워지는 의미 없는 나날의 연속이 아니었다. 시간은 내 안에서 앞으로 나아가지만, 무슨 수를 써서라도 파괴해야만 했던, 형태를 알 수 없는 무언가가 되어 버렸다.

문학과 사회학 수업을 들었고, 학생 식당에 갔고, 점심과 저녁엔 학생들만 다니는 파뤼쉬 바에서 커피를 마셨다. 이제 그들과 같은 세상에 있지 않았다. 배 속에 아무것도 없는 여자애들, 그리고 내가 있었다.

내 상황을 생각하며, '그것'을 지칭하는 표현은 아무것도 사용하지 않았다. '아기를 기다린다.'라든지, '아기를 밴'이라든지, '기괴한'과 비슷한 철자로 시작되는 '임신'이라는 표현 중 그 무엇도 사용하지 않았다.[11] 일어나지도 않을 미래를 인

---

11 프랑스어로 '임신'은 grossesse, '기괴한'은 grotesque이다.

정하는 느낌이 들었다. 사라지게 하리라 결심한 것을 군이 명명할 필요는 없었다. 수첩에는 '이것', '이런 것'이라고 적었고, 단 한 번 '임신'이라는 표현을 썼다.

내게, 바로 나 자신에게 이런 일이 일어난 것 같다는 의심은, 분명 내게 일어난 게 틀림없으리라는 확신으로 바뀌었다. 열네 살, 이불 속에서 처음으로 쾌락을 맛본 뒤로, ─ 성모 마리아와 다른 성녀들에게 수없이 기도를 해 봤음에도 ─ 내가 창녀가 아닐까 끊임없이 의심하면서도 그 짓을 절대 멈출 수가 없었던 그때부터 이 일은 나를 기다리고 있었다. 이런 상황이 내게 더 빨리 닥치지 않았다는 사실이 되레 기적처럼 생각될 정도였다. 지난여름까지만 해도 갖은 노력을 했기에 이상하고 꼬리만 치는 여자 취급을 당하는 굴욕을 견디며 끝까지 가지 않을 수 있었다. 플러팅의 경계에 익숙하지 않았기에 단순한 입맞춤조차 의심했던 격렬한 의지가 결국 나를 구원했다.

막연하게 내가 태어난 사회 계층과 내게 일어난 일을 연관 지어 생각했다. 노동자와 소상공인 가정에서 고등 교육을 받은 첫 번째 수혜자였기에 나는 공장이나 상점 계산대를 피할 수 있었다. 그런데 바칼로레아 합격도, 프랑스 문학 학사 학위도, 알코올 중독과 같은 취급을 받는 임신한 여자아이가 상징하는 가난이 물려주는 운명을 따돌릴 수는 없었다. 섹스 때문에 나는 다시 따라잡혔고, 그때 내 안에서 자라나던 무언가는 어떻게 보면 사회적 실패라는 낙인이었다.

중절하겠다고 생각하며 어떤 두려움도 느끼지 않았다. 대수롭지 않게 생각했고, 그렇지 않더라도 못 할 일은 아니었기에, 특별한 용기가 필요해 보이지는 않았다. 평범한 시련이리라 짐작했다. 내 앞을 지나간 수많은 여성들이 새겨 놓은 길을 따라가면 될 듯싶었다. 청소년기부터 소설에서 읽었거나 동네에 떠도는 소문을 소리 죽여 떠들어 대던 대화가 전해 준 이야기들이라면 많이 알고 있었다. 뜨개질바늘, 파슬리 끝단, 비눗물 투여, 승마 등 중절에 사용하는 방법들에 대하여 막연한 지식을 갖고 있었다. 최고의 방법은 이른바 '야매' 의사 혹은 '천사를 만드는 여자'[12]라는 예쁜 이름으로 불리는 여자를 만나는 일이라는데, 이들은 아주 비싼 값을 치러야 한다고 알고 있었지만, 정확한 비용에 대해서는 아는 바가 없었다. 작년에 이혼한 젊은 여자는 스트라스부르 출신 의사가 자기 아이를 유산시켜 줬다고 얘기를 해 줬는데, '너무 고통스러워 세면대가 부서질 정도로 꼭 쥐었다.'라는 말 말고는 자세한 내막에 대해선 알려 주지 않았다. 나도 세면대가 부서질 정도로 꼭 쥘 각오는 서 있었다. 죽을 수도 있다는 사실은 생각지도 못했다.

임신 확인서를 찢어 버린 지 삼 일째 되는 날, 학교 안뜰에서 결혼도 하고, 직업도 있는 장 T.를 만났다. 이 년 전, 빅토르 위고 관련 수업을 들을 때, 그가 출석할 수 없어서 노트를 복사해 줬다. 그의 열정적인 말투와 참신한 사고방식이 나와 맞았다. 기차역 광장에 있는 메트로폴 카페로 차를 마시러 갔다. 그때 말을 돌려 가며 임신 사실을 알렸다. 아마도 그가

---

12 faiseuse d'anges. 본래 '천사를 만드는 여자'라는 뜻이지만, '임신 중절 시술을 하는 여자'를 가리킨다. 애초에는 일부러 자기가 돌보는 아이를 죽게 방치하는 유모를 뜻하는 말이었는데, 19세기에서 20세기로 넘어오면서 '아이'가 '태아'로 바뀌어 중절 시술을 하는 여자로 의미가 바뀌었다.

나를 도와줄 수 있으리라 생각해서 그랬던 것 같다. 그가 피임의 자유, 가족계획과 관련한 비합법적인 협회의 일원임을 알고 있었고, 어쩌면 그런 쪽에서 도움을 받을 수 있으리라고 상상했다.

순간적으로 그는 벌어진 두 다리 사이로 드러난 성기를 본 듯 호기심과 음탕함이 깃든 표정을 지었다. 어쩌면 어제의 모범생이 궁지에 처한 여자로 갑작스레 변한 상황을 보면서 즐거움을 느꼈을지도 모르겠다. 누구와, 그리고 언제 임신을 하게 되었는지 알고 싶어 했다. 내 상황을 털어놓은 사람은 그가 처음이었다. 그 순간 그에게 아무런 해결책이 없을지라도, 그의 호기심이 일종의 보호막이 되어 주었다. 그는 루앙 외곽에 있는 자기 집에서 저녁을 먹자고 제안했다. 나는 기숙사 방에 홀로 있고 싶지 않았다.

우리가 그의 집에 도착했을 때, 그의 아내는 유아용 의자에 앉은 아이에게 저녁을 먹이고 있었다. 장 T.는 아내에게 내가 곤란한 상황에 처했다고 대충 둘러댔다. 친구 한 사람이 도착했다. 아이를 재우고 나서 아내는 시금치를 곁들인 토끼 요리를 내왔다. 토끼 고기 아래 비친 녹색을 보자 구토감이 일었다. 임신 중절을 하지 않는다면, 내년에 나도 장의 아내처럼 되리라는 생각이 들었다. 저녁을 먹은 후, 학교 선생인 그의 아내는 교구를 구하러 어딘가에 가야 한다며 조금 전 방문한 친구와 나갔고, 나는 장 T.와 설거지를 했다. 그는 나를 안더니, 섹스를 할 시간은 충분하다고 말했다. 나는 몸을 빼내서 설거지를 마저 했다. 옆방에서 아기가 울었고, 나는 토하고 싶었다. 장 T.는 식기의 물기를 닦고 나서 슬그머니 나를 껴안았다. 돌연 그는 본연의 말투를 되찾은 듯싶더니, 나의 도덕성을 알아보려고 그랬다고 우겼다. 그의 아내가 돌아왔고, 부부는 내게 자고 가라고 말했다. 늦은 시각이었고, 부부 중 누구도 나를 몰아낼 만큼 비정한 사람들은 아니었다. 다음 날 아침, 어제 오후에 책가방을 메고 나섰던 기숙사 방으로 돌아왔다. 침대는 헝클어져 있지 않았고, 전부 그대로였다. 그리고 거의 하루가 지나가 버렸다. 바로 이런 사소한 것에서 우리는 삶의 혼돈이 시작되고 있음을 가늠한다.

장 T.가 나를 모욕적으로 대했다고 생각지는 않았다. 그에게 나는 섹스 제안을 받아들일지 거부할지 알 수 없는 여자의 범주에서, 이제 의심할 여지없이 이미 섹스를 경험한 여자의 범주로 이동한 셈이었다. 두 범주 사이의 구분이 엄청나게 중요하고, 여자를 판단하는 남자의 태도에 영향을 끼치던 시절에, 그는 무엇보다 현실적인 면모를 드러냈다. 게다가 나는 이미 임신한 상태라 임신할지도 모른다는 위험마저 없었다. 불쾌한 일화였지만, 내 상황에 비춰 보면 어쨌든 하찮은 일이었다. 그는 의사의 주소를 찾아 준다고 약속했고, 나는 달리 도움을 청할 수 있는 이들을 알지 못했다.

이틀 후 그의 사무실에서 그를 다시 만났고, 강변에 있는 식당으로 나를 데려갔다. 그곳은 전쟁 때 파괴된 뒤 콘크리트로 재건축한 구역에 위치한 버스 터미널 근방이었는데, 나는 단 한 번도 그 동네에 가 본 적이 없었다. 그날부터 나는 대개 비슷한 시간대에 다른 학생들과 함께 다니던 공간과 장소를 벗어나 돌아다니게 되었다. 그가 샌드위치를 주문했다. 그는 내 상황에 여전히 열을 올리고 있었다. 웃어 가면서, 친구들과 내 몸에 탐침관을 넣어 줄 수도 있다고 말했다. 그게 농담인지 뭔지 확신이 서지 않았다. 그러더니 두세 해 전에 중절 경험이 있는 결혼한 커플, B. 부부에 관한 얘기를 꺼냈다. "여자가 죽을 뻔했대." 그는 부부의 주소를 알려 주지 않았지만, 여자가 프리랜서로 일하는 신문사에 가 보면 그녀를 만날 수 있을지도 몰랐다. 그녀와 문헌학 수업을 들은 적이 있기 때문에 보면 누군지 알 것 같았다. 키가 작고 갈색 머리에 커다란 안경을 써서 근엄한 분위기를 풍겼다. 수업 시간에 그녀가 발표를 했을 때, 교수는 열렬한 찬사를 보냈다. 그녀 같은 여자가 중절을 했다는 사실에 나는 안도했다.

샌드위치를 다 먹고 나자, 장 T.는 의자에 앉아 치아를 다 드러내며 웃음을 지어 보였다. "먹으니 좋네." 구역질이 났고 혼자라는 생각이 들었다. 그가 이 일에 너무 얽매이고 싶지 않아 함을 알게 되었다. 그가 속한 단체에서 가족계획 명목으로 정해 놓은 도덕적 범주에는 임신 중절을 원하는 여자아이들은 존재하지 않았다. 그는 단지 일등석에 앉아 내 이야기가 어떻게 진행될지 계속 알고 싶은 것뿐이었다. 이를테면 돈 한 푼 안 내고 전부 다 보고 싶어 하는 것. 계획된 임신을 지지하는 협회의 일원이기에 그는 '윤리적인 문제로' 불법 임신 중절을 하려는 내게 돈을 빌려줄 수 없다고 선수를 쳤다. (수첩에 'T.와 강변에서 식사. 문제만 쌓여 감.'이라고 쓰여 있다.)

직접 찾아 나서기 시작했다. L.B.를 찾아야만 했다. 예전에 그의 남편이 식당에서 전단지를 나눠 주는 모습을 종종 본 듯한데, 이제는 오지 않는 것 같았다. 나는 점심과 저녁 시간에 도서관 열람실을 돌아다녔고, 도서관 문 앞에서 자리를 잡고 서 있었다.

　이틀 저녁 내내, 파리노르망디 신문사 앞에서 L.B.를 기다렸다. 안으로 들어가 그녀가 벌써 와 있는지를 물어볼 엄두는 차마 내지 못했다. 내가 수상쩍다고 사람들이 생각할까 봐 신경 쓰였고, 그녀가 죽을 뻔했던 일에 대해 알고 싶다고, 일터까지 찾아와서 L.B.를 괴롭히고 싶은 마음은 더더욱 없었다. 이틀째 저녁에는 비가 내렸고, 우산을 쓰고 홀로 서 있었다. 벽에 달린 철판에 걸어 둔 신문들을 무의식적으로 눈으로 좇으며, 오피탈 거리의 양쪽 끝을 번갈아 둘러보았다. L.B.는 루앙 어딘가에 있을 테고, 그녀는 나를 구원해 줄 유일한 여자였지만 그녀는 오지 않았다. 기숙사로 돌아와서 수첩에 '빗속에서 L.B.를 계속 기다림. 오지 않음. 절망감. 절망감이 사라져야만 한다.'라고 적었다.

　따라가야 할 길도, 따라야 할 표지도 아무것도 없었다.

　많은 소설들이 임신 중절을 언급하긴 했지만, 그 일이 정확하게 어떻게 진행되는지 그 방식에 대해서까지는 세부적으로 말하지 않았다. 여자가 스스로 임신했다는 사실을 알게 된 순간과 이제 더는 임신하지 않은 상태 사이는 생략되었다. 도서관의 색인 카드함에서 '임신 중절'이라는 카드를 찾았다. 그 표제어로는 의학 잡지밖에 찾을 수 없었다. 그중 《외과 의학 자료집》과 《면역학 잡지》를 찾아 꺼냈다. 실용적인 정보들을 찾을 수 있길 바랐건만 기사들은 '불법 중절 시술'의 뒷얘기들만 언급했고, 그런 사실들에는 관심 없었다.

(Per m 484, nos 5 et 6, Norm, Mm 1065. 당시 사용하던 주소록 간지에 이런 분류 기호가 적혀 있다. 낯설고 뭔가에 홀린 듯한 감정에 젖어 파란색 볼펜으로 휘갈겨 쓴 흔적을 쳐다본다. 침투할 수도 파괴할 수도 없는 물질적인 증거들은 기억과 글쓰기의 불안정한 속성 탓에 내가 도달할 수 없는 어떤 현실을 간직한 것만 같았다.)

어느 오후, 중절 시술을 해 줄 의사를 찾아볼 마음으로 기숙사 방을 나섰다. 그런 의사가 분명 어딘가에 있을 듯싶었다. 당시 루앙에는 잿빛 석조 건물들이 즐비하게 늘어서기 시작했다. 그 뒤로 무엇이 있을까 생각하며 금장으로 새겨진 명패를 하나하나 뜯어봤다. 벨을 눌러야겠다는 생각은 못 했다. 어떤 신호를 기다렸다.

가난한 이들이 모여 사는 곳의 의사들은 좀 더 이해심이 있지 않을까 상상하면서 약간 빈촌인 마르탱빌로 방향을 바꾸었다.

11월의 엷은 햇살이 내렸다. 나는 길을 걸어 나갔다. 기타를 치며 노래하는 수녀, 시스터 스마일의 노래가 수도 없이 울려 퍼져서 머릿속에서는 '도미니크 니크 니크'[13]라는 후렴구가 떠나지 않았다. 노랫말은 교훈적이고 순수했지만, — 시스터 스마일은 'niquer'라는 동사가 가지고 있는 '성교하다'라

---

13 Seour Sourire. 벨기에 출신 수녀로 1963년 자신이 속해 있던 도미니크 수도원의 창시자인 도미니크 수도사에게 헌사한 「도미니크(Dominique)」라는 제목의 노래. 시스터 스마일이 작사, 작곡한 곡으로 전 세계적으로 엄청난 히트를 기록했다. 여기서는 영어권에 알려진 이름으로 번역했다. 후렴구는 'Dominique, nique, nique' 이런 식의 말놀이인데, 아니 에르노는 '성교하다'라는 의미의 은어 'niquer'라는 동사의 2인칭 명령형으로 언어유희를 시도한다.

는 의미를 몰랐을 터다. —— 어쨌든 즐겁고 흥겨운 곡이었다. 이 노래는 내가 탐색을 이어 가는 데에 용기를 돋아 주었다. 생마르크 광장에 도착했고, 시장 진열대마다 물건들이 가득했다. 시장 안쪽에서 프로저 가구점을 발견했다. 어렸을 적에 엄마와 함께 옷장을 사러 왔던 곳이다. 이제 더는 문에 박혀 있는 명패들을 쳐다볼 생각도 못 한 채 그저 목적 없이 떠다니기 시작했다.

(십여 년 전, 《르 몽드》에서 시스터 스마일의 자살 소식을 읽었다. 「도미니크」의 엄청난 성공 이후, 종교 교리에 온갖 종류의 환멸을 느껴 종교를 떠나 한 여자와 살아가기 시작했다고 신문은 전했다. 조금씩 노래를 부르지 않게 되었고, 그녀는 잊혀 갔다. 그녀는 술을 즐겨 마셨다. 그녀의 삶을 요약한 뉴스가 마음을 흔들어 놓았다. 사회와 단절된 여자, 환속했으며, 동성애자에 알코올 중독자인 여자, 자기 자신도 그렇게 되리라고 상상조차 못 했던 여자가 마르탱빌 거리에서 갈 길을 못 찾고 홀로 있던 나를 이끌어 주는 것만 같았다. 그저 시간상의 차이만 있을 뿐, 우리는 완전한 고독감 속에서 하나가 되었다. 그리고 바로 그날 오후, 한참 후 자살에 이를 정도로 바닥을 치고 있던 한 여자의 노래에서 나는 살고자 하는 용기를 얻었다. 나는 어쨌든 그녀가 조금은 행복했다고, 그리고 위스키에 취해 있던 밤마다 그제야 '그 단어'의 의미를 알고서 결국엔 수녀들과 제대로 사랑을 나누었다고 강렬하게 믿고 싶었다.

결코 만날 수 없지만, 게다가 살았든 죽었든, 실재 인물이든 아니든 간에, 물론 전혀 다른 성격이겠지만 무언가 공통점이 있으리라 생각했던 여성들 중 하나가 시스터 스마일이다. 그 여성들은 내 안에서 예술가들, 작가들, 소설의 주인공들, 내 어린 시절의 여인들과 서로 나란히 서서 보이지 않는 고리를 형성한다. 내 이야기도 그 안에 속한 느낌이다.)

1960년대 대부분의 개인 병원들이 그렇듯이 보부와진 광장 부근, 이제(l'Yser) 대로에 있는 일반 진찰실에는 양탄자가 깔려 있고, 유리문이 달린 책장, 고전적인 책상이 놓인 부르주아 가정의 거실과 비슷했다. 왜 내가 우파 국회 의원 앙드레 마리가 사는 부자 동네로 방향을 돌렸는지 그 이유를 설명하기는 힘들다. 밤이었고, 어쩌면 아무런 시도도 못 한 채 집에 돌아가기 싫던 것 같다. 나이가 지긋해 보이는 의사가 나를 맞았다. 의사에게 몸이 피곤하고, 생리를 하지 않는다는 말을 했다. 고무장갑을 낀 손가락으로 진찰한 후에, 그는 임신한 게 확실하다고 단정 지었다. 그에게 중절 시술을 해 달라는 말을 할 수 없었다. 그저 어떻게 해서든 생리를 다시 할 수 있게 해 달라고 애원했다. 답이 없었다. 그러더니 쳐다보지도 않고, 사내자식들은 자기 좋은 일만 하고 여자들을 내팽개친다며 으레 독설을 퍼붓기 시작했다. 그는 칼슘제와 에스트라디올 주사를 처방해 주었다. 내가 대학생이라는 사실을 알고 나서야 마침내 태도가 누그러졌다. 그러더니 자기 친구 아들인 필립 D.를 아느냐고 물었다. 안경을 낀 갈색 머리에 구닥다리 가톨릭 신자 같은 그를 나는 알고 있었다. 대학교 1학년 때 라틴어 수업을 같이 들었고, 캉(Caen)으로 떠났다고 알고 있었다. 나를 임신시킬 만한 인물은 못 된다고 생각했었던 것이 기억난다. '아주 괜찮은 젊은이지, 그렇죠?' 의사는 웃으며 말했고, 내가 동감을 표하자 즐거워 보였다. 그는 내가 거기 있는 이유를 망각했다. 나를 문까지 배웅하며, 그는 안심하는 기색이 역력했다. 다시 오라는 말은 하지 않았다.

나 같은 여자들은 의사의 하루를 망쳤다. 돈도 연줄도 없
는 ── 그렇다고 무턱대고 의사들을 찾아가지는 않았을 테지
만 ── 그런 여자들은 자기들을 감옥으로 보낼 수 있고, 영영
의사 면허증을 앗아 갈 수도 있는 법을 떠올리게 했다. 그렇다
고 의사들은 감히 진실을 말하지도 않았다. 여자들을 죽게 방
치하는 법을 위반하느니 차라리 당신들이 죽는 편이 더 낫다
고 솔직하게 나서지 않는 한, 임신할 정도로 멍청한 젊은 여자
의 아름다운 눈 때문에 자기가 이룬 모든 걸 잃고 싶지 않다고
말이다. 어쨌든 그들은 하나같이 여자들의 임신 중절을 막더
라도, 그녀들이 알아서 방법을 찾아낼 거라 생각했으리라. 부
서질지도 모르는 자기들 이력에 비하면, 여자들이 질 속에 뜨
개질바늘을 넣는 건 아무 일도 아니었다.

루앙 생마르크 광장의 겨울 햇살에서, 시스터 스마일의
노래에서, 그리고 이름조차 잊은 이제 대로에 있던 병원, 그곳
의사의 조용한 진료실에서도 벗어나야만 했다. 정체한 이미
지들 속에서 벗어나고, 보이지 않고 추상적이며, 추억마저 없
으면서도, 법이 미심쩍은 의사를 찾으라며 길거리로 나를 내
몰았던 현실을 포착하려면 말이다.

법은 도처에 있었다. 감정을 꾹 눌러 적은 내 수첩 속에,
장 T.의 튀어나온 두 눈 속에, 이른바 강요된 결혼들에, 영화
「셸부르의 우산」 속에, 임신 중절을 한 여자들의 수치심과 타
인들의 비난 속에도. 언젠가 여자들이 자유롭게 중절을 결정
할 수 있으리라는 상상조차 완전히 불가능하다는 생각 속에

도 법은 있었다. 그리고 늘 그래 왔듯 임신 중절이 나쁘기 때문에 금지되었는지, 아니면 금지되었기에 나쁜지를 규정하는 일도 불가능했다. 우리는 법에 비추어 판단했고, 법을 판단하지는 않았다.

의사가 처방해 준 주사가 효과 있으리라고는 믿지 않았지만 할 수 있는 짓은 다 해 보고 싶었다. 대학 생활 지원 센터 간호사가 미심쩍어할까 봐 신경 쓰였기에, 학생 식당에서 종종 만났던 의과 대학 여학생에게 혹시 주사를 놔 줄 수 있는지 물었다. 저녁에 다른 여학생이 내 방으로 왔다. 금발에 아주 예쁘고, 평안해 보였다. 그녀를 보며 내가 가련한 여자가 돼 가고 있다고 생각했다. 그녀는 아무것도 묻지 않고 주사를 놓았다. 그다음 날에는 의대생 중 누구도 시간이 안 되었기에, 침대에 앉아 두 눈을 꼭 감고 내가 허벅지에 주삿바늘을 꽂았다. (수첩에 이렇게 적혀 있다. '주사 두 방, 효과 없음.') 한참 후에야 이제 대로의 의사가 내게 처방해 준 약이 유산 방지제라는 사실을 알게 된다.

(이야기가 나를 이끌고 가서, 나도 모르는 사이에 불가피하게 진행되는 불행의 의미를 내게 강요하는 느낌이다. 마치 꿈속에서처럼 앞으로는 나아가지 않고 단지 두터워지기만 하는 시간이 끝없이 지체되도록 온갖 방법으로 — 세부적인 요인들을 찾아 메모하고, 반과거 시제[14]를 사용하고, 사건을 분석하는 일 — 노력해 가며, 나는 몇 날, 몇 주를 훌쩍 뛰어넘고 싶은 욕망에 맞서야만 한다.)

---

14 프랑스어에서 과거를 표현하는 시제 중 하나. 주로 묘사를 하기 위해 사용한다.

계속 수업을 듣고, 도서관에 갔다. 여름에 흥분해서 석사 학위 논문 주제로 「초현실주의 문학에서 여성의 역할」을 선정했다. 그러나 지금은 옛 프랑스어의 문장 연결 방식이나 샤토브리앙 작품 속 메타포 같은 주제보다 더 흥미로워 보이지 않았다. 남성과 우주 사이의 중재자라며, 관념적인 여성들을 찬양하는 엘뤼아르, 브르통, 아라공의 책들을 아무렇지 않게 읽어 나갔다. 여기저기에 내 논문 주제와 관련된 문장을 적었다. 그런데 적어 둔 메모들을 가지고 뭘 해야 할지 몰랐고, 지도 교수가 요구했던 논문 차례와 첫 번째 장을 제출하기는 힘들어 보였다. 메모들을 서로 연결하고, 일관성 있는 구조 안에 그 내용을 적절하게 넣는 작업은 내 역량 밖이었다.

중·고등학교 시절부터 능숙하게 개념을 익히는 편이었다. 논술이나 대학의 다른 학업처럼 작위적인 성격의 일도 내 능력 밖이 아니라, 능숙하게 다룰 수 있어서 일종의 자긍심을 느꼈다. 그래서 부모님이 말씀하시듯 '책 속의 삶'을 위해, 그리고 당신들에게 내 미래를 헌신하기 위해 공부는 해 볼 만해 보였다.

이제 '이념의 천국'에는 다가갈 수 없어 보였고, 그 아래로 구토하며 진창에 빠진 내 육신을 질질 끌고 다녔다. 어떤 때는 내 문제를 해결한 다음에 다시 그런 것들을 고민해 볼 수 있길 바랐고, 또 어떤 때는 지식이란 습득해 봐야 결국엔 무너져 내릴 뿐인 허울 같은 구조물처럼 보였다. 어쨌든 논문을 쓰지 못하는 상황은 중절을 해야만 하는 필연성보다 더 끔찍했다. 논문을 쓸 수 없음은, 보이지 않는 내 타락의 명백한 징표였다. (수첩에 이렇게 적혀 있다. '아무것도 쓸 수 없다. 공부도 되지 않는다. 어떻게 벗어날 수 있을까.') 이제 '지식인'이 아니었다. 다들 이렇게 생각했는지 모르겠다. 그건 말로 표현할 수 없는 고통을 일으킨다.

(내 출신이며 '심한 정신적 피로'를 두려워하는 육체노동자의 세계, 혹은 내 육체, 내 육체에 새겨진 그런 기억과 연결된 먼 과거의 무언가에 붙잡혀 있기라도 한 듯, 내가 사물들을 탐구하기 위해 더 깊숙이 들어가지 않았다는 생각을 여전히 종종 한다.)

아침마다 잠에서 깰 때면 구토감이 사라졌다고 느껴졌는데, 그런 생각이 든 바로 그 순간에도 은밀하게 파도처럼 구토감이 밀려왔다. 음식에 대한 욕구와 거부가 떠나지 않았다. 어느 날, 돼지고기 상점을 지나다가 세르블라 소시지를 보았다. 상점에 들어가 그걸 하나 산 뒤에 길에서 바로 다 먹어 치웠다. 또 한 번은 남자애에게 포도 주스를 정말 마시고 싶다고 간청했던 적이 있는데, 그때 주스를 마실 수 있다면 무슨 일이든 할 수 있을 것만 같았다. 어떤 음식들은 보기만 해도 혐오감이 느껴졌고, 또 어떤 것들은 보기에는 맛있어 보였지만 막상 입에 넣으면 곧장 썩어 버릴 듯싶었다.

강의실로 들어가기 위해 이전 수업이 끝나기를 다른 학생들과 기다리고 있던 어느 아침에, 갑자기 번쩍이는 빛과 함께 사람들 형상이 사라져 버렸다. 계단에 겨우 주저앉았다.

수첩에 적었다. '불편함이 사라지지 않는다.' ─ '11시, 지겨운 시립 도서관.' ─ '난 여전히 아프다.'

대학교 신입생 시절, 남몰래 몇몇 남자들에 대한 공상을 품곤 했다. 대형 강의실에서 그들과 멀지 않은 곳에 앉아서,

그들이 언제 학생 식당에 가고 도서관에 가는지 확인하며 그들을 쫓아다녔다. 이런 상상 속 로맨스는 아주 오래전, 근심 걱정 없던 꼬마 시절 일처럼 여겨졌다.

그해 9월에 찍은 사진 속 나는 줄무늬 셔츠를 입고 있는데, 목의 팬 부분에는 머플러를 두르고, 머리는 어깨까지 내려오고, 짙은 구리빛 피부에, 미소를 지으며, 생기 있는 표정으로 앉아 있다. 그 사진을 볼 때마다, 보이지 않는 질서 속에서 변화하지만 끊임없이 실재하는 유혹이라 부를 만한 청춘 시절의 마지막 사진이라 생각했다.

기숙사 여학생들과 함께 파뤼쉬에서 열린 파티에 참석했던 밤, 시작부터 내내 같이 춤을 추었던 다정한 금발 남자에게 욕망을 느꼈다. 임신했다는 사실을 안 이후 처음이었다. 그러니까 낯선 이가 분출할 정액을 아무 불만 없이 받아 내야 할 태아가 배 속에 자라고 있음에도 불구하고, 성기가 수축되고 벌어지는 데는 아무 문제도 없었다. 수첩에 이렇게 적었다. '낭만적인 남자와의 춤. 그러나 무엇도 할 수 없었다.'

모든 이야기가 유치하고 쓸데없어 보였다. 친구들 방에서 자질구레한 자기들 일상 이야기를 들어주는 일은 정말 참을 수 없었다. 어느 아침엔가 문헌학 수업을 같이 들었던 몽펠리에 출신의 한 여자애가 도서관에서 내 옆에 앉았다. 그녀는 내게 상세하게 생모르 거리에 있는 자기 셋방과 하숙집 주인, 입구에 있는 빨래 건조대, 보부와진 거리에서 개인 수업을 하는 자신의 일상 따위를 떠들었다. 자기 세상에 대해 하나하나 만족스럽게 묘사하는 그녀를 보고 있자니 미칠 것만 같았고, 혐오감이 일 정도였다. 그 여자애가 그날, 남쪽 지방 말투로 했던 이야기를 아직도 다 기억해 낼 수 있을 것만 같다. 아마도 그 이야기가 하찮았기 때문에, 그래서 당시 나로 하여금 정상적인 세계에서 배제되었다는 끔찍한 의미를 가지게 했기 때문일 터였다.

(그 사건이 있던 다음 해, 루앙을 떠난 이후 두세 명을 제외하고는 다시 보지 못했는데, 이 글을 쓰면서 나는 내 주변에 있던 학생들의 얼굴과 이름을 떠올려 보려 애썼다. 망각 속에서 한 명씩 튀어나오면 그들은 평소 나와 마주쳤던 장소로 알아서 자리를 찾아갔다. 문과 대학, 학생 식당, 파뤼쉬, 시립 도서관 그리고 금요일 저녁이면 가족들에게 데려다줄 기차를 기다리며 모여 있던 플랫폼으로. 되살아난 무리 속에 나는 자리 잡았다. 개인의 기억들보다 그 무리가 스물셋이었던 나의 존재를 더 효과적으로 다시 살아나게 하고, 얼마나 내가 그 무리 속에 녹아 있었는지 알려 준다. 그리고 그들의 이름과 얼굴이 나의 동요를 설명해 준다. 참조 대상인 그들과 비교해 보면 나는 은밀하게 범죄자가 되어 있었다.

이 글에 그 이름들을 쓰지 않으려 하는데, 이는 그들이 허구적인 인물이 아니라 실존 인물이기 때문이다. 그럼에도 불구하고 그들이 어딘가에 존재한다는 사실이 믿기지 않는다. 어떤 의미에서 보면 내가 분명 옳은 것 같다. 지금 그들의 존재 양상 — 그들의 육체, 생각, 그들의 은행 계좌 — 은 1960년대, 글을 쓰면서 내가 그려 내는 그들의 존재 양상과는 전혀 상관없다. 미니텔의 전화번호부에서 이 이름들을 찾아보고 싶다는 욕구에 사로잡힐 때면, 이내 나는 실수가 되리라는 사실을 깨닫는다.)

토요일이면 부모님 댁에 갔다. 청소년기부터 부모와의 관계는 벌써 일반적인 상태에서 벗어나 있었기에, 상황을 숨기는 일이 고되지는 않았다. 어머니는 전쟁 이전 세대, 그러니까 윤리적 죄악과 성적 수치심으로 대변되는 세대였다. 어머니의 신앙심은 신성했고, 나를 당신과 같으리라고 믿어 버리는 어머니이니만큼, 나 또한 그런 어머니의 신앙심을 참아 낼 수 있다고 확신했다. 대부분 그러하듯, 내 부모님도 틀림없이 탈선의 아주 작은 조짐이라도 단번에 알아챌 수 있으리라 생각했다. 부모님을 안심시키려면 매끈한 얼굴에 미소를 머금고, 세탁할 빨래를 가져가고, 필요한 것들을 가져오며 규칙적으로 찾아가면 되었다.

어느 월요일, 부모님 댁에서 아직도 완성하지 못한 카디건을 짜기 위해 어느 여름날에 사들였던 뜨개질바늘 한 짝을 가지고 왔다. 두 개의 길고 선명한 파란색 바늘이었다. 달리 방법이 없었다. 혼자 해 보기로 결심했다.

그 전날 밤, 「나의 투쟁」[15]이라는 다큐멘터리 영화를 기숙사 친구들과 보러 갔다. 영화를 보는 내내 엄청나게 동요했고, 끊임없이 다음 날 해야 할 일을 생각했다. 어찌 되었든 영화는 나에게 명백한 사실을 알려 주었다. 나 자신에게 가하게 될 고통은 강제 수용소에서 유대인들이 겪은 고통에 비하면 아무것도 아니었다. 이런 생각은 용기를 주고 결심을 하게 했다.

---

15 독일 태생 스웨덴 감독 에르빈 라이저(Erwin Leiser)가 1961년에 연출한 독일 나치에 관한 다큐멘터리 영화.

내가 하려는 일을 이미 수많은 여성들이 해 왔다는 사실도 힘을 북돋아 주었다.

다음 날 아침, 침대 위에 누워서 뜨개질바늘을 조심스럽게 성기 속으로 밀어 넣었다. 자궁 경부를 찾지 못한 채 더듬었고, 고통을 느끼자마자 멈출 수밖에 없었다. 혼자서는 할 수 없음을 깨달았다. 무력감에 절망했다. 아직 그 정도 수준은 안 되었다. '아무것도 못 함. 불가능한 일이 아닐까? 울음. 정말 너무 지겹다.'

(이런 종류의 이야기가 분노나 혐오감을 자극할 수도 있을 테고, 불쾌감을 불러일으켜 비난을 살지도 모르겠다. 어떤 일이든 간에, 무언가를 경험했다는 사실은, 그 일을 쓸 수 있다는 절대적인 권리를 부여한다. 저급한 진실이란 없다. 그리고 이런 경험의 진술을 끝까지 밀어붙이지 않는다면, 나 또한 여성들의 현실을 어둠 속으로 밀어 넣는 데 기여하는 셈이며, 이 세상에서 남성 우위를 인정하는 것이다.)

부질없는 시도를 하고 나서 N. 의사에게 전화했다. 의사에게 '아이를 갖고' 싶지 않다고, 그래서 몸을 상하게 했다고 말했다. 거짓말이었지만, 중절을 하기 위해 내가 무엇이든 할 준비가 다 되었음을 그가 알아 주길 바랐다. 그는 당장 병원으로 오라고 얘기했다. 의사가 나를 위해 뭔가를 해 주리라 기대했다. 그는 심각한 얼굴로 묵묵히 나를 맞았다. 진찰을 하고 나서 모든 게 정상이라고 말했다. 울음이 터져 나왔다. 몹시 낙담한 그는 고개를 숙이고 책상에 있었는데, 당황한 기색이 역력했다. 그가 여전히 갈등하고 있고, 양보하게 되리라 생각했다. 그가 고개를 들어 올렸다. "당신이 어디로 갈지 알고 싶지 않아요. 그렇지만 페니실린은 먹어야 해요, 일주일 전후로. 처방전을 써 줄게요."

병원을 나서며, 마지막 기회를 망쳐 버린 스스로가 원망스러웠다. 법을 피해 무언가 해 달라는 요구를 끝내 하지 못했다. 임신 중절에 대한 나의 욕망을 의사가 들어주려면, 오로지 눈물을 더 흘리고, 더 애원해 보고, 내가 처한 현실이 얼마나 혼란스러운지 최선을 다해 설명했어야만 했다. (오랫동안 그렇게 생각해 왔다. 어쩌면 잘못 생각했을지도. 오로지 그만이 말할 수 있으리라.) 어쨌든 그는 내가 패혈증으로 죽는 일만은 막고 싶어 했다.

우리 중 누구도 임신 중절이라는 말을 단 한 번도 입에 담지 않았다. 그것은 언어 속에 자리를 잡지 못했다.

(지난밤, 1963년 상황에 처해서 중절할 방법을 모색하는 꿈을 꾸었다. 잠에서 깨자, 그 당시 내가 느꼈던 압박감과 무력감을 그 꿈이 정확하게 되돌려 주었다고 생각했다. 지금 쓰고 있는 이 책이 절망적인 시도처럼 여겨졌다. '모든 게 다 있다.'라고 여기는 아주 짧은 오르가슴을 느낄 때처럼, 꿈을 떠올리자, 내가 단어들로 찾아보려 하는 것이 아무런 노력 없이 얻어 낸 무언가라는 생각이 들었다. ― 꿈의 기억은 내 글쓰기의 시도를 무용하게 했다.

그런데 깨어나면서 꿈꿀 때 느낀 감정이 사라진 이 순간, 글쓰기는 꿈이 정당화한 것보다 훨씬 더 강렬한 필연성을 되찾는다.)

학교에서 친구처럼 생각했던 두 여학생은 당시 루앙에 없었다. 한 명은 생일레르뒤투베의 학생 결핵 요양소에 있었고, 또 한 명은 파리에서 교육 상담 학위를 준비하고 있었다. 나는 친구들에게 임신 사실을 알리며 중절하고 싶다는 편지를 썼고, 그녀들은 아무런 판단도 하지 않았지만 겁을 먹은 듯 보였다. 내가 바랐던 것은 타인의 두려움이 아니었고, 그녀들은 나를 위해 아무것도 할 수 없었다.

1학년 때부터 같은 층에 살던 O.를 알고 지냈다. 종종 같이 나가서 어울려 놀긴 했지만, 친구라는 생각은 들지 않았다. 여학생들 사이에 영향을 미치거나 관계를 악화시키지도 않았지만 종종 들려오는 비방을 접하면서 O.가 성가시고 귀찮은 여자라는 의견에 동조했다. 비밀을 캐내려고 혈안이 되어 있는 인간으로 여겨졌다. 비밀을 캐내서 다른 사람들에게 퍼뜨릴 보물처럼 사용하고, 잠시뿐일지라도 귀찮은 존재에서 벗어나 흥미로운 대상이 되고 싶어 하는 줄로만 알았다. 거기에 가톨릭 부르주아 계층이라 교황이 피임에 대해 제시한 훈계들을 존중했기에, 비밀을 털어놓는다면 가장 마지막에 선택할 사람이 될 수밖에 없었다. 그럼에도 불구하고 12월부터 끝까지 내가 속내를 털어놓았던 사람은 바로 그녀다. 나는 이제야 이런 사실을 깨닫는다. 내가 처한 상황을 누군가에게 말하라고 몰아붙이는 욕구는 비밀을 털어놓을 상대의 가치관이나 판단을 고려하지 않았다. 아무것도 할 수 없는 내 상황에서 말조차 하나의 행동이었고, 그 결과는 아무래도 상관없었으며, 말을 함으로써 상대방을 현실의 놀라운 광경 속으로 끌고 가보려고 애썼다.

가령 나는 앙드레 X.를 거의 알지 못했다. 문학을 전공하는 1학년 학생인데, 그의 특기는 풍자 주간지 《하라키리》[16]에서 읽은 끔찍한 이야기들을 차가운 어조로 말하는 거였다. 카페에서 말을 돌려 가며 그에게 내가 임신했다는 사실을 알렸고, 임신 중절을 하기 위해 무슨 일이든 할 작정이라고 말했다. 그는 돌처럼 굳어지더니, 갈색 눈으로 나를 뚫어지게 바라보았다. 그다음 내게 '자연의 법칙'을 따라야 한다고, 범죄처럼 여겨지는 짓을 저질러서는 안 된다고 설득하려 했다. 우리는 메트로폴 카페 입구 가까이에 있는 자리에서 한참을 같이 있었다. 그는 나를 두고 가지는 않았다. 내 계획을 포기하게 하려는 완고한 그를 보며, 나는 엄청난 혼란과 두려운 매혹 같은 것을 감지했다. 임신 중절을 하겠다는 욕구가 그에게는 일종의 유혹처럼 여겨졌다. 사실상 O.와 앙드레, 장 T.에게 중절은 결말을 알 수 없는 이야기였다.

(나는 이렇게 쓰기를 망설인다. 나는 메트로폴 카페를, 우리가 앉아 있던 베르트 거리로 난 문 옆쪽 작은 테이블을, 태연한 카페 종업원 — 이름이 '쥘'이어서, 내가 『존재와 무』[17]의 쥘이라고 생각했던, 사실 그 책 속에서 쥘은 카페 종업원이 아니지만 그런 역할을 한다. — 을, 그 밖의 것들을 떠올린다. 상상력을 동원해 보거나 혹은 기

---

16 《하라키리(Hara-Kiri)》. '할복'을 의미하는 일본어로 1960년대 창간한 풍자 잡지. 선정적이고 과감한 풍자로 1960년대에 상당한 인기를 얻었다. 《샤를리 에브도(Charlie Hebdo)》의 모태이기도 하다.

17 사르트르의 대표적인 저서로, 피에르라는 친구와 만나기로 약속한 자리에 늦은 후 카페에서 피에르를 찾는 일화를 통해 '무'와 '무화'의 개념을 설명한다. 아니 에르노는 사르트르가 피에르가 아닌 카페 종업원을 피에르로 여기며 '무'를 이해해 가는 과정을 그대로 빗대고 있다.

억을 통해 떠올리는 일은 글쓰기의 운명이다. 그런데 '떠올린다.'라는 말은 내가 다른 삶, 지나가 버린, 그리고 잃어버렸던 삶을 다시 만났다는 감정이 드는 순간을 기록할 때 사용한다. 그 감정은 "내가 거기에 다시 있었던 것처럼"이라는 표현으로 아주 정확하고도 자연스럽게 번역된다.)

관심이 없어 보였던 유일한 사람은 나를 임신하게 한 사람, 보르도에서 띄엄띄엄 편지를 보냈던, 그 편지 속에서 해결책을 찾기는 어렵다는 사실을 암시적으로 말했던 이였다. (수첩 속에 '그는 나 혼자 알아서 하게 두었다.'라고 적혀 있다.) 그는 내게 그 어떤 감정도 느끼지 않는다고, 그리고 이 일이 있기 전의 그 자신, 그러니까 시험이나 미래에만 관심이 있는 그런 학생으로 되돌아가고 싶어 한다고 결론지을 수밖에 없었다. 이 모든 것을 예감했었다 한들, 나는 관계를 끊고, 절망적으로 임신 중절 방법을 찾는 일에다 이별에서 오는 공허감을 더할 힘 따위는 없었다. 결국 나는 분별 있게 현실을 은폐한 셈이었다. 그러면서도 카페에서 농담하고 소란스럽게 웃고 있는 사내들을 보는 일이 — 똑같은 시간에 그도 틀림없이 그러고 있을 것이기에 — 나 자신을 황폐하게 만들지라도, 그들의 모습을 보며 그의 평온을 깨트릴 이유를 계속해서 찾아내곤 했다. 10월에 우리는 스키장에서 친구 커플과 함께 크리스마스 바캉스를 같이 보내기로 약속했었다. 이 계획을 변경하고 싶지 않았다.

12월 중순이 되었다.
원피스의 엉덩이와 가슴 부근이 팽팽해졌고, 몸도 무거워졌지만, 다행히 입덧은 끝났다. 임신 이 개월 차에 접어들었다는 사실을 잊을 정도였다. 여자들이 몇 주, 몇 달이 흘러 출산 일이 될 때까지 시간만 보내는 이유는 어쩌면 미래가 선명하지 않기 때문이리라. 미래를 알 수 없으니, 정신은 피할 수 없음을 알면서도 벌어질 일에 대한 근심을 잠재우고 만다. 창문으로 들어오는 겨울 햇살이 비추는 침대에 누워 작년에 그랬듯이 바흐의 「브란덴부르크 협주곡」을 들었다. 삶에 아무런 변화도 없었던 것만 같았다.

일기장에 이렇게 적었다. '공상 속에서 임신한 것 같다. 배를 건드린다. 바로 여기. 그런데 더 이상 상상할 수 없다. 시간이 흘러가게 둔다면, 다음 해 7월이면, 내 배 속에서 아기가 태어나겠지. 그런데 그런 사실이 느껴지지 않는다.'

희망을 버리고 있던, 크리스마스를 이 주 정도 앞둔 어느날, L.B.가 방문을 두드렸다. 우연히 장 T.를 길에서 만났는데, 내가 자신을 만나고 싶어 한다는 말을 전했다고 했다. 그녀는 여전히 위압감을 주는 검정 테에 알이 큰 안경을 쓰고 있었다. 그녀가 나를 보고 미소를 지었다. 우리는 침대 위에 나란히 앉았다. 그녀는 자신의 일을 처리했던 P.-R.이라는 나이 지긋한 개인 병원 간호조무사의 주소를 내게 주었다. 파리 17구 엥파스 카르디노. '임신 중절 시술사'라는 낭만적이면서도 비열한 인물을 완성하게 하는 '엥파스'[18]라는 단어 때문에 분명 웃었을 듯싶다. 왜냐하면 엥파스 카르디네가 카르디네 대로로 이

---

18 프랑스어로 impasse는 '막다른 골목'이라는 뜻이다. 앞서 옮긴이 주에서 설명했듯, 프랑스어로 임신 중절 시술사는 '천사를 만드는 사람'이라는 의미의 le(la) faiseur(faiseuse) d'anges이다.

어진다는 설명을 들었기 때문이다. 나는 파리를 몰랐고, 따라서 그 거리의 이름을 듣고는, 매일같이 라디오 광고에서 떠들어 대던 '콩투와 카르디네 보석상점' 말고 다른 무엇도 떠오르지 않았다. L.B.는 침착하게, 심지어 쾌활하게 P.-R. 부인의 시술법을 설명했다. 검경을 이용해서 자궁 경부에 탐침관을 집어넣고, 유산이 되기만을 기다렸다고 했다. 시술 도구들을 물에 삶아서 소독할 정도로 진지하고 깔끔한 여자라고 했다. 그럼에도 불구하고 끓는 물만으로는 세균이 전부 다 없어지지 않아서 L.B.는 패혈증에 걸렸다. 대충 둘러대고 곧바로 일반의에게 가서 항생제 처방을 받는다면, 내게는 일어나지 않으리라. 의사에게서 이미 페니실린 처방전을 받아 두었다고 말했다. 모든 것이 단순하고 마음을 놓이게 했다. 어찌 되었든 L.B.는 거기에서 벗어나 내 앞에 있었으니까. P.-R. 부인은 400프랑을 받았다.[19] L.B.는 알아서 그 돈을 빌려주겠다고 제안했다. 주소와 돈, 이것이 그 당시 내가 필요로 했던 유일한 것이었다.

(이 시련을 가장 잘 지나가게 해 주었던 지식과 행동, 그리고 효과적인 결정을 돌아가며 전해 준 여성들 중 첫 번째라 여겨지는 그녀를 지칭하기 위해 나는 지금 이니셜을 사용한다. 여기서 그의 이름, 프랑코 정권을 피해 난민이 된 스페인 출신 부모가 그녀에게 지어 준 상징적이고 아름다운 이름을 쓰고 싶다. 그러나 이름을 쓰라며 부추기는 이유 — 그렇게 하면 L.B.라는 실존 인물의 가치를 모든 이들의 눈

---

19 [원주] 1999년 기준으로 6000프랑 정도다.(옮긴이 주: 당시 환율로 따지면 100만 원 정도다.)

앞에 드러내 보이게 되리라. — 는 정확하게 그 일을 금지하는 이유와 같다. 누구에게도 상호식시지 않은 힘을 사용해 책이라는 공공의 장에 L.B.라는 살아 있는 실존 여성 — 내가 막 전화번호부에서 그녀의 존재를 확인해서 알았기에 — 을 드러낼 권리는 없다. 그녀는 "내게 아무것도 요구하지 않았다."라는 바로 그 이유로 반박할 수 있을 테니.

지난 일요일, 루앙을 경유해서 노르망디 해변을 다녀왔다. 그로스 오를로주 거리를 걸어서 성당까지 갔다. 새로 조성한 '레스파스 뒤 팔레' 쇼핑몰에 위치한 카페테라스에 자리를 잡았다. 집필하던 책 탓에 끊임없이 1960년대를 생각하고 있었지만, 벽을 닦아 내고 새로 색을 칠한 루앙 시내에서는 아무런 감정도 일지 않았다. 도시의 색채를 벗겨 내고, 거리 벽에 본연의 어둡고 음산한 색을 씌우고, 인도에도 자동차가 지나다니는 모습을 만들어 가며, 공상이라는 힘겨운 노력을 통해서만 1960년대에 다가갈 수 있었다.

지나가는 사람들을 관찰했다. 책에 들어간 풍경 삽화 속에서 인물들을 찾아야 하는 것처럼, 지나가는 사람들 속에 어쩌면 1963년 당시의 옛날 학생들 한두 명쯤은 있지 않을까. 글을 쓰면서 너무도 선명하게 떠오르지만, 지금은 만나 볼 수 없는 사람들. 내가 앉아 있는 테이블 옆에는 거무스레한 얼굴에 갈색 머리를 지닌, 작지만 두툼한 입술의 L.B.를 떠오르게 하는 예쁜 소녀가 있었다. 소녀가 그녀의 딸이리라 생각하고 싶었다.)

중앙 산지(Massif central)에 가고, 나를 보고 싶어 하는지 어떤지 분명하지도 않은 P.를 다시 만나느라 중절에 쓸 돈의 일부를 낭비하는 일은 분명 정신 나간 짓이었다. 그렇지만 한 번도 스키를 타러 가 본 적이 없고, 파리 17구의 엥파스 카르디네로 가기 전에 일종의 유예 기간이 필요했다.

미슐랭 여행안내 책자에서 몽도르 지도를 보고, 메이나디예, 시두완아폴리네르, 몽트로지예, 카피탱샤조트, 팡테옹 광장 같은 거리 이름들을 읽어 본다. 도르도뉴강이 시내를 관통하고 그곳에 온천 시설이 있음을 알게 된다. 마치 한 번도 거기에 가 보지 못한 사람처럼.

수첩에 이렇게 적혀 있다. '카지노에서 춤을 춤. 타느리 뮤직홀에 감. 어제 저녁에는 라 그랑쥐.' 그런데 눈과 해 질 무렵에 사람들이 북적이던 카페, 그리고 주크 박스에서 "망치가 하나 있었다면, 행복했을 텐데……"[20]라는 노랫말이 흘러나왔던 일 말고는 아무것도 떠오르지 않는다.

한마디 말도 없이, 부루퉁해서 눈물로 이어진 장면들을 기억한다. 그 당시 P.가 내게 어떤 의미였는지, 그에게 무엇을 원했는지 정확하게 표현할 수 없다. 어찌 되었든 내 욕구와 내 이해관계에 따라 결정했던 임신 중절을 어쩌면 희생처럼, '사랑의 징표'처럼 그가 인식하기를 강요했을지도 모르겠다.

법학과 학생이었던 아니크와 곤트랑은 내가 임신을 했고, 중절을 원한다는 사실을 몰랐다. P.는 그 일을 그들에게 털어놓는 게 쓸데없는 짓이라 판단했고, 이런 도발적인 사건에 대해 몹시 순응적인 부르주아적 관점을 가지고 있으리라 여겼다. 그들은 약혼했지만 같이 잠을 자지는 않았다. 무엇보다 P.는 이 일 때문에 휴가 분위기를 망치고 싶지 않은 눈치였다. 내가 그 얘기를 꺼내기만 하면 그는 표정이 어두워졌다. 보르

---

20 「망치가 하나 있었다면(Si j'avais un marteau)」은 클로드 프랑수아(Claude François)가 1963년 발표한 노래로, 당시 대단한 인기곡이었다.

도에서 그는 아무런 해결책도 찾지 않았다. 그가 해결책을 찾아보기나 했을지 의심스러웠다.

쩨 부유했던 그 커플은 고급스럽고 고풍적인 호텔에 묵었고, P.와 나는 민박을 했다. 우리는 거의 섹스를 하지 않았을뿐더러, 내 상태 — 나쁜 일은 이미 벌어졌으니 — 로 비롯된 이점을 누릴 수도 없었기에, 설령 하게 되더라도 서둘러서 끝냈다. 하릴없이 남아도는 실업자의 시간과 자유, 혹은 뭐든 먹고 마실 수 있다고 허락받은 불치병 환자보다 분명 더 나을 것 없는 이점이었으리라.

넷이 주고받던 대화는 경박한 농담조였는데, 가벼운 충돌이나 공격적인 비난으로 그런 분위기가 깨지면, 이내 의견을 수렴하고 싶은 욕구에 맞춰 말을 돌렸다. 그들은 다들 수업을 들었고, 과제를 제출했고, 좋은 학생이 되겠다고 결심하면서 별 탈 없이 지냈다. 가벼운 얘기만 하고 싶어 하고, 춤을 추러 가거나 「무슈 갱스터」[21] 같은 영화를 보러 가고자 했다. 몇 달 동안 내 유일한 걱정거리는 중절할 방법을 찾는 거였다. 그들이 보여 주는 기분 좋은 말투를 따라 해 보려고 애를 써 봤지만, 그렇게 하지 못했다. 분위기를 쫓아가기에 급급했다.

육체 활동의 이점만을 생각했다. 엄청나게 힘을 쓰거나 추락해서 '그것'이 떨어져 나가기를, 그래서 17구에 있는 여

21　원제는 Les Tontons fingueurs. 조르주 로트네(Geroges Lautner) 감독의 1963년 작품으로 당시 폭발적인 성공을 거두었다.

자를 만날 필요가 없어지기를 바랐다. 스키와 신발을 빌릴 돈이 없어서 아니크가 신던 것을 빌려 신고, 나를 해방시켜 줄 만한 충격을 가하리라 생각하며 매번 조심성 없이 넘어졌다. 한번은 P.와 아니크가 더 높은 곳으로는 가지 않겠다고 했다. 나는 곤트랑과 함께 퓌이 쥐멜(Puy Jumel)까지 올라갔다. 나는 벌어진 틈으로 눈이 잔뜩 들어온 인조 가죽 장화를 신고 있었다. 반짝이는 눈 때문에 눈이 부셔서 슬로프 쪽에 시선을 고정한 채, 제발 태아가 포기해 주기만을 바라며, 물받이 같은 장화를 끌고 점점 더 힘겹게 걸음을 옮겼다. 거기서 벗어나려면 있는 힘을 다 써서라도 산꼭대기에 올라야만 한다고, 스스로를 다독였다. 내 안에서 태아가 죽어 버릴 만큼 나는 녹초가 되었다.

몽도르에서 보낸 일주일을 생각할 때마다, 암흑으로 뒤바뀐, 눈부시게 내리쬐던 1월의 태양과 눈을 떠올렸다. 원초적 기억은 우리에게 과거의 삶을 모두 어둠과 빛, 낮과 밤이라는 기본적인 형태로 보게끔 하기 때문이리라.

(글을 쓰면서 증거가 필요할까, 매번 자문한다. 이 시기 일기장과 수첩을 제외하면 내 머릿속을 지나간 것들은 물질적이지도 않고 점진적으로 사라져 버렸기에, 감정이나 생각은 그 무엇도 확실해 보이지 않는다.

나를 제외한 사람들과 사물들 — 퓌이 쥐멜에 쌓인 눈이나 장 T.의 휘둥그레 튀어나온 두 눈, 혹은 시스터 스마일의 노래 — 에 품었던 감정을 기억하기만 해도 사실적인 증거가 나타난다. 유일하게 진실한 기억은 물질적이다.)

12월 31일, 몽도르에서 파리까지 나를 데려다주기로 한 어느 가족의 자동차를 났다. 그들과 대화를 나누지는 않았다. 부인이 잠깐 다락방을 임대했던 여자가 유산한 얘기를 했다. "밤새 신음 소리를 냈지." 그 여행에 대해서는 비가 내리던 날씨와 이 문장 하나만이 남았다. 이 문장은 이런 부류에 속했다. 끔찍하면서도 안심하게 하는, 다소 특징 없는 그 문장들은 내 차례가 되어 일을 치를 때까지, 마치 의지할 무언가처럼 나와 함께하며 나를 시련으로 이끌었다.

(열다섯 살에 먼 나라를 여행하거나 사랑을 나누는 미래의 나를 상상하면서 만든 한두 가지 이미지들에 닿고자 살아온 방식 그대로, 나는 1964년 1월 파리 17구의 이미지들에 도달하기 위해 이 이야기를 쓰기 시작한 것 같다. 어떤 말들이 내게 올지는 여전히 모른다. 글쓰기가 무엇을 초래할지 모른다. 이 순간을 늦추고, 이 기다림 속에 여전히 머물러 있고 싶다. 어쩌면 글쓰기가 오르가슴 이후에 순간적으로 사라져 버리는 성욕의 이미지처럼, 이 이미지들을 없애 버릴까 두렵다.)

1월 8일[22] 수요일, 그 여자를 만나서 날짜나 비용 같은 실질적인 문제들을 해결하러 파리에 갔다. 여행 경비를 절약하기 위해, 생트카트린 해변 아래쪽에서 히치하이크를 했다. 내 상황에서 위험 따위는 중요하지 않았다. 녹은 눈이 떨어져 내렸다. 큰 '재규어'가 멈췄고, 내 요구를 들어줬다. 그는 장갑 낀

---

22 [원주] 날짜를 기록하는 일은 사건의 현실과 필연적으로 엮인다. 존 피츠제럴드 케네디에게는 1963년 11월 22일이 바로 그런 순간이며, 다른 모든 이들에게는 삶과 죽음이 갈라서는 날이 그러하다.

팔을 쭉 펴서 핸들을 잡고, 한마디 말도 없었다. 나를 파리 근교의 뇌이유까지 데려다주었고, 거기서 지하철을 탔다. 17구에 도착했을 때, 사방은 이미 어두웠다. 거리 안내판에는 '엥파스 카르디네'가 아니라 '파사주 카르디네'라고 적혀 있었고, 그 표지를 보자 안심되었다.[23] 해당 번지수에 있는 낡은 건물에 도착했다. P.-R. 부인은 3층에 살았다.

수많은 젊은 여자들이 이 계단을 올라가서 문을 두드렸으리라. 누구인지 전혀 알지도 못하면서, 나의 성기와 배를 까발려 보여 줘야만 하는 여자가 문 뒤에 있었다. 그리고 당시 불행을 이겨 내게 해 줄 유일한 사람인 그 여자가 앞치마를 두르고 점무늬 실내화를 신고, 손전등을 손에 쥔 채 문을 열었다. "무슨 일이에요? 아가씨."

P.-R. 부인은 키가 작고 포동포동했으며, 안경을 쓰고 회색 머리채에 어두운색 옷을 입고 있었다. 시골에 사는 여느 나이 든 부인들과 비슷했다. 그녀는 재빠르게 나를 좁고 어두운 부엌으로 들여보냈고, 집 안에 있는 두 개의 방 중에서 낡은 가구들이 있는 조금 더 큰 방으로 나를 안내했다. 마지막 생리가 언제였는지 물었다. 삼 개월 전이라니까, 그녀는 '그것'을

---

23 파사주(passage)는 샛길이나 소로 혹은 아케이드를 의미한다. 화자는 카르디네 거리로 연결된 소로를 찾아갔는데, 일반적으로 그런 길들은 '엥파스' 혹은 '파사주'로 불린다. 작가는 여기에서 단어 본연의 뜻에 의미를 더 부여했다. '엥파스'엔 '막다른 길'이라는 의미가 있으며, '파사주'에는 '통행' 혹은 '통과'의 의미가 있다. 막다른 길로 접어든 것이 아니라, 거기서 벗어난다는 의미를 부여한 셈이다.

하기 좋은 시기라고 했다. 그녀는 내 겉옷을 벗겼고, 두 손을 치마 속으로 넣어 내 배를 너듬으며 뭔가 만족스럽다는 듯이 소리쳤다. "배가 작네!" 내가 스키를 타러 가서 온갖 노력을 했다고 말하자 어깨를 으쓱해 보이더니 이렇게 덧붙였다. "아기가 산에서 기력을 더 회복했겠는걸!" 그녀는 사악한 짐승처럼 즐겁게 그런 얘기를 했다.

나는 침대 옆에서 초조하게 움직이며 빠르게 말을 하는 잿빛 얼굴의 여자 앞에 서 있었다. 바로 이 여자에게 내 배 속을 맡겨야 했고, 바로 여기가 모든 것이 일어날 곳이다.

여자는 자신이 일하는 병원에서 검경을 유일하게 가져올 수 있는 다음 수요일에 다시 오라고 말했다. 여자는 내게 비눗물이나 청소용 세제 같은 것이 아니라, 탐침관을 넣을 터다. 비용은 400프랑이며 현금으로 줘야 한다고 거듭 확인했다. 모든 것을 확실하게 해 두려고 했다. 친근감 따위는 없었다. 말을 놓지도 않았다. 게다가 신중했다. 어떠한 질문도 하지 않은 걸 보면 말이다. 여자는 핵심만을, 마지막 생리 일자, 비용, 시술 방식에 대해서만 말했다. 이렇게 순수하게 물질적인 방식은 낯설지만 안심하게 하는 무언가가 있었다. 감정이나 도덕의 문제는 아니었다. 경험상 P.-R. 부인은 딱 필요한 대화만 해야 시간 낭비나 혹은 생각을 바꾸게 할지 모르는 눈물과 감정의 토로를 피할 수 있음을 분명하게 알고 있었다.

세월이 흘러, 빠르게 깜박거리던 그녀의 눈과 치아 안쪽으로 말려 들어가 이따금 우물거리던 아랫입술, 그리고 무언가에 쫓기는 듯하던 그녀의 태도를 떠올리며, 어쩌면 그녀도 마찬가지로 두려웠으리라는 생각이 든다. 그런데 나의 임신 중절 의지를 그 무엇으로도 막을 수 없었듯이, 어쩌면 그녀도 자신의 일을 멈출 수 없었을 것이다. 본질적으로는 돈 문제도 있겠지만, 어쩌면 여성들에게 필요한 사람이 되고 싶다는 감정이 작용했을지도 모르겠다. 그것도 아니라면, 하루 온종일 환자나 산모의 변기를 비워 댔을 그녀는 파사주 카르디네에 있는 방 두 칸짜리 집에서, 고작 인사말이나 건넸을 의사들과 똑같은 힘이 자신에게도 있다고 생각하며 비밀스러운 만족감을 느꼈을지도 모를 일이었다. 그러니까 위험 부담을 고려하여, 결코 인정받지 못할 기술에 대해서, 그리고 앞으로 그녀가 받게 될지도 모를 수치심까지 따져 비싼 값을 받아야 했으리라.

파사주 카르디네를 처음 다녀온 후에 페니실린을 먹기 시작했고, 내 안에는 두려움 말고는 아무것도 자리할 수 없었다. P.-R. 부인의 부엌과 방을 떠올렸지만, 그녀가 뭘 하게 될지에 대해서는 상상도 하고 싶지 않았다. 학생 식당에서 여학생들에게는 등에 있는 커다란 점을 떼러 갈 거라서 두렵다고 말했다. 여학생들은 정말 별것도 아닌 일에 그런 근심을 드러내는 나를 보며 놀라는 눈치였다. 두렵다는 말을 할 수 있어서 마음이 놓였다. 그래서 잠시나마 나이 든 간호조무사와 그녀의 부엌이 아니라 멋진 수술실에서 수술용 고무장갑을 낀 외과 의사가 나를 기다리고 있다고 믿을 정도였다.

(그때 느꼈을지도 모를 것을 지금은 다시 느낄 수 없다. 그저 슈퍼

마켓이나 우체국에서 줄을 선 채 기다리다가 첫눈에 무례하고 불친절한 육십 대 여성을 우연히 만나, 그녀가 정체불명의 물건을 가지고 내 성기를 들쑤셔 댈 일을 상상할 때만, 그 일주일 동안 내가 처했던 상황 속으로 순식간에 빨려 들어갈 수 있을 뿐이다.)

1월 15일 수요일, 이른 오후에 파리행 기차를 탔다. P.-R. 부인과 약속했던 시간보다 한 시간이나 더 일찍 17구에 도착했다. 파사주 카르디네 주변을 배회했다. 습기를 머금은 포근한 날씨였다. 생샤를르보로메 성당 안으로 들어갔다. 그 안에서 고통받지 않게 해 달라며 한참을 앉아 있었다. 여전히 시간이 남았다. 파사주 카르디네 근처에 있는 카페에서 차를 마시며 시간이 되기를 기다렸다. 유일한 손님이었던 옆 테이블 학생들은 주사위 놀이를 하고 있었고, 카페 주인은 그들에게 농담을 건네고 있었다. 나는 쉴 새 없이 시계를 바라봤다. 나가야 할 시각이 되어 화장실로 내려갔다. 어려서부터 중요한 일을 앞두고 정신을 가다듬는다며 습관적으로 그렇게 해 왔다. '그게 나한테 일어난 일이야.' 그리고 '견딜 수 없을 거야.' 같은 생각을 하며 세면대 위 거울을 바라봤다.

P.-R. 부인은 전부 다 준비해 두었다. 도구들이 들어 있는 듯 보이는 냄비가 가스 불 위에서 끓고 있었다. 부인은 나를 방 안으로 들어가게 했고, 일을 시작하려는지 바빠 보였다. 발치에 하얀 수건을 깐 테이블을 두어 침대를 길게 늘렸다. 스타킹과 속옷을 벗었는데, 검정 치마는 벌어지는 스타일이어서 그냥 입고 있었던 것 같다. 내가 옷을 벗는 동안, 부인은 내게 "처음 관계를 맺었을 때 피를 많이 흘렸어요?"라고 물었다. 그

녀는 내 상체를 침대 위에 괴고, 머리에는 베개를 받치고, 테이블 위에 허리를 대고 무릎은 구부린 채로 들어 올렸다. 바삐 움직이면서도 말을 멈추지 않았는데, 탐침관 말고 다른 것은 넣지 않으리라는 사실을 한 번 더 분명하게 알려 줬다. 여자는 일주일 전에 죽은 한 엄마 얘기를 꺼냈는데, 어떤 여자가 그녀 몸에 청소용 세제를 집어넣은 채로 식당 테이블에 방치했다는 것이었다. 그 얘기를 하면서 P.-R. 부인은 몹시 화를 냈는데, 그토록 전문가적 소양이 없음에 대단히 분개한 눈치였다. 나를 안심시키려는 말이었다. 그런 얘기를 하지 않는 편이 나았을 거다. 얼마 후, 나는 여자가 자기 일을 하며 최선의 방식을 찾았다고 생각했다.

그녀는 테이블을 앞에 두고 침대 가장자리에 앉았다.

내 다리 사이로 커튼이 내려진 창문과 길가 반대로 난 다른 창문들, P.-R. 부인의 흰머리가 보였다. 이런 곳에 있게 되리라고는 상상도 못 했다. 어쩌면 바로 그 순간에 학교에서 몸을 숙이고 책을 보는 여학생들을, 콧노래를 부르며 다림질을 하고 있을 엄마를, 보르도 거리를 거닐고 있을 P.를 생각했을지도 모르겠다. 단지 자기 주변에 두고 싶다는 이유로 그것들을 생각할 필요는 없다. 그래 봐야 대부분의 사람들에게 삶은 이전처럼 계속 흘러가고 있다는 사실만을 깨달을 따름이었다. 더군다나 그들은 계속 내게 '대체 나는 여기서 뭘 하는 거지?'라고 묻게 할 뿐인데.

이제 방의 이미지에 다가선다. 분석이 불가능하다. 그 이미지 속에 잠식될 수밖에 없다. 내 다리 사이로 검경을 집어넣고 분주히 움직이던 여자가 나를 태어나게 하려는 것 같다.

바로 그 순간 나는 내 안에서 내 엄마를 죽였다.

여러 해 동안, 그날 누워 있던 침대에서 본 그 방과 커튼이 떠올랐다. 이제 커튼을 걷어 내서 방은 밝아졌을 테고, 이케아 가구가 있고, 층 전체를 사 버린 젊은 회사 간부의 집이 돼 버렸을지도 모르겠다. 그런데 이 방만은 자기 몸속으로 탐침관을 파고들게 하러 왔던 젊은 여자들과 결혼한 여자들에 대한 기억을 언제까지나 가지고 있으리라 굳게 확신한다.

끔찍한 고통이 느껴졌다. 그녀가 말했다. "소리 그만 질러요, 착하지." 그리고 "일을 좀 하게 해 줘요." 그게 아니라면 하던 일을 끝까지 해야만 한다는 의미밖에 없는 다른 어떤 말들을 했으리라. 그 이후 불법으로 중절한 여자들의 이야기를 읽으며 그때 들었던 말들을 떠올렸다. 그것은 그 순간에 필요했던 말들, 때로는 연민을 담은 말들일 수밖에 없었으리라.

탐침관을 넣기 위해 얼마나 많은 시간이 걸렸는지는 모르겠다. 나는 내내 울었다. 계속 아팠고, 배 속에 묵직한 느낌만이 있었다. 여자가 끝났다고, 이제 아무것도 건들지 않을 거라고 말했다. 양수가 터질 경우를 대비해서 커다란 천 기저귀를 가져다 댔다. 나는 천천히 화장실로 갈 수 있었다. 걸을 수 있었다. 하루 이틀이 지나야 그게 빠져나간다고, 그러지 않으면 여자에게 전화를 해야만 했다. 우리는 주방에서 같이 커피를 마셨다. 그녀에게도 대단한 일이 끝난 셈이었다. 어느 순간에 그녀에게 돈을 주었는지 기억나지 않는다.

여자는 내가 어떻게 돌아갈 수 있을지 걱정스러워했다.
여자는 생라자르 역까지 갈아타지 않고 한 번에 갈 수 있는 퐁
카르디네 역까지 데려다주겠다고 고집을 부렸다. 나는 혼자
가고 싶었고 여자를 다시 보고 싶지 않았다. 그런데 의심의 여
지가 없는 배려를 거절하면서까지 그녀의 기분을 상하게 하
고 싶지는 않았다. 그때 그녀는 내가 나가자마자 기절해서 누
군가가 나를 다시 여기로 데려올까 봐 두렵다고 언급했다. 여
자는 외투를 걸치고 실내화는 그대로 신었다.

돌연 밖의 모든 것이 비현실적으로 느껴졌다. 우리는 차
도 한가운데를 나란히 걸었고, 희미한 빛이 드리운 건물 벽 때
문에 전망이 막힌 듯 보였던 파사주 카르디네 끝까지 걸어갔
다. 장면이 느리게 전개된다. 날이 아주 밝지는 않다. 나의 어
린 시절, 그리고 그 이전 삶의 무엇도 나를 이리로 이끌지 않
았으리라. 우리 앞으로 맞은편에서 사람들이 걸어왔고, 그들
이 나를 보는 것 같았고, 우리 둘의 모습을 보고 그들은 내가
무슨 일을 치르고 오는지 아는 것만 같았다. 세계에서 버림받
은 느낌이었다. 마치 내 엄마인 양 나를 역까지 데려다주는 검
은색 외투를 걸친 늙은 여자를 제외하고. 자신의 동굴에서 벗
어나 거리의 불빛 아래 있는 그녀의 모습은 잿빛 피부 탓인지
혐오감을 불러일으켰다. 나를 구원해 준 여자가 마녀나 늙은
포주처럼 보였다.

여자는 내게 지하철 표를 건네주었고, 생라자르로 가는
지하철이 도착할 때까지 플랫폼에서 기다려 주었다.

(여자가 실내화를 계속 신고 있었는지 이제 확실하지 않다. 매번

실내화를 신은 여자가 떠올랐는데, 실내화는 동네 식료품 가게로 찬거리를 사러 나온 여자들이 신던 것이었다. 그런 차림은 당시 내가 벗어나는 중이던 서민 계층에 속해 있음을 암시한다.)

1월 16일과 17일, 자궁 수축이 오길 기다렸다. P.에게 편지를 써서 다시 보고 싶지 않다고 했고, 부모님에게는 빈 왈츠 축제 — 루앙 여기저기에 이 축제 광고가 붙어 있었기에 신문에서 확인해도 탈이 없을 만한 핑곗거리였다. — 에 가서 주말에 갈 수 없노라고 편지를 썼다.

아무 일도 일어나지 않았다. 통증도 다시 느껴지지 않았다. 17일 금요일 저녁, 역 근처 공중전화 박스에서 P.-R. 부인에게 연락했다. 여자는 다음 날 아침 자기를 보러 다시 오라고 말했다. 1월 1일부터 아무것도 쓰지 않았던 일기장에 17일 금요일이라고 날짜를 적고 이렇게 썼다. '여전히 기다리는 중. 내일 임신 중절 시술사를 다시 보러 가야 한다. 그녀가 실패했기에.'

18일 토요일 이른 아침에 파리행 기차를 탔다. 날이 몹시 추웠고, 온통 흰색이었다. 객차 안에서 뒤에 앉은 여자애들이 규칙적으로 웃어 가며 끊임없이 떠드는 소리를 들었다. 그 얘기들을 듣고 있자니, 이미 늙어 버린 느낌이었다.

P.-R. 부인은 얼음장처럼 차가운 날씨에 대해 호들갑을 떨며 재빠르게 나를 안으로 들였다. 그녀보다 젊어 보이며, 베레모를 쓴 한 남자가 주방에 앉아 있었다. 내가 들어와서 놀라거나 성가신 눈치는 아니었다. 그가 계속 있었는지 나갔는지 생각나지 않지만, 내가 그를 이탈리아 사람이라고 기억하는

것을 보면 분명 몇 마디 정도 나눴을 터다. 테이블 위에는 얇고 붉은색 관이 떠다니는, 여전히 끓는 물이 담긴 대야가 있었다. 내 안에 넣을 작정으로 새로운 탐침관을 가져왔으리라 추측했다. 첫 번째 사용했던 것은 보지 못했다. 이건 꼭 뱀 같아 보였다. 대야 옆에는 빗이 놓여 있었다.

(내 삶에 일어난 이 사건을 하나의 그림으로 표현해야 한다면, 붉은 탐침관이 떠다니는 에나멜이 칠해진 대야와 벽에 붙어 세워진 포마이카로 덮은 작은 테이블을 그리겠다. 대야의 약간 오른쪽에는 머리빗이 있다. 세계 어느 미술관에든 「임신 중절 시술사의 작업실」이라는 제목의 그림이 있을 거라고는 생각하지 않는다.)

처음에 그랬듯이, 여자는 나를 방으로 안내했다. 그녀가 하게 될 일이 더는 두렵지 않았다. 아프지도 않았다. 여자가 대야에 있는 탐침관을 넣기 위해 먼저 것을 빼내며 소리쳤다. "정말 잘하고 있어요!" 산파나 할 법한 말이었다. 그때까지 이 모든 일을 분만과 비교해 볼 수 있다는 걸 생각하지도 못했다. 여자는 내게 추가 비용을 얘기하지는 않았지만, 어렵게 손에 넣은 모델인지라 나중에 탐침관만은 다시 보내 달라고 요구했다.

파리에서 돌아오는 객차에서 한 여자가 끝도 없이 손톱을 갈고 있었다.

P.-R. 부인의 실질적인 역할은 여기까지다. 불행을 지우는 프로그램을 돌리던 그녀는 자기 임무를 마쳤다. 그 이후에

는 나를 도울 이유가 없었다.

(이 글을 쓰던 시기에, 코소보 난민들이 칼레를 거쳐 영국으로 밀입국을 시도한다. 밀항업자들은 엄청난 돈을 요구하고, 때로는 밀항 전에 잠적해 버린다. 그럼에도 코소보 난민을 비롯하여 가난한 나라에서 온 이민자들은 밀항을 멈추지 않는다. 그들에게는 구원받을 다른 방법이 없다. 사람들은 밀항업자들을 쫓는다, 삼십 년 전에 임신 중절 시술가에게 그랬듯이 밀항업자들의 존재를 몹시 못마땅해한다. 누구도 그 존재를 부추기는 법률이나 국제 사회의 명령을 문제 삼지는 않는다. 그리고 마치 오래전 임신 중절 시술을 해 주었던 이들처럼, 이민자들의 밀항을 돕는 이들 중에 다른 사람보다 더 올바른 이들도 분명 있으리라.

주소록에서 P.-R. 부인의 이름이 나오는 부분을 아주 빠르게 찢어 냈다. 그녀의 성(姓)을 절대 잊을 수 없었다. 그 후 육 년인가 칠 년인가, 금발에 말수가 적고, 충치가 있으며 학급 아이들에 비해 너무 크고 너무 나이 들어 보였던 중학교 1학년 학생의 이름에서 그녀의 성을 발견했다. 파사주 카르디네에 살던 여자에 대한 기억이 떠올라서, 그 아이에게 질문을 하려고 이름을 부를 수도 없었고, 시험 답안지 위에 적힌 그 아이의 이름을 읽을 수조차 없었다. 그의 할머니처럼 여겨지는 그 늙은 임신 중절 시술사와 그 아이의 존재를 연결 짓지 않을 수 없었다. 그리고 P.-R. 부인의 부엌에서 만났던, 틀림없이 그녀의 동거인이었을 남자를, 나는 여러 해 동안 안시 노트르담 광장의 작은 봉제 가게에서 보았다. 머리에는 베레모를 눌러쓰고 강한 억양으로 말하던 이탈리아인. 이제는 누가 원본이고 복제본인지 구분도 안 될뿐더러, 1970년대에 나이를 가늠할 수 없는 작고 유연한 여자 옆에서 튼튼한 끈과 상아야자 단추를 팔던 남자를, 몹시 추운 1월 어느 토요일, 파사주 카르디네에 자리 잡게 할 수도 없었다.)

열차에서 내리자마자 N. 의사에게 전화를 걸었다. 탐침관을 넣었다고 말했다. 지난달처럼 진료실로 오라고 해서 이제 P.-R. 부인과 교대해 주리라는 희망을 품었던 것 같다. 그는 말없이 있더니, 마소지네스트릴[24]을 추천해 주었다. 그의 말투로 미루어 나를 진찰할 마음이 전혀 없었음을 깨달았고, 더는 그에게 전화를 하지 말아야 했다.

(그를 상상할 수 없었다. ─ 지금 내가 그를 상상할 수 있는 것처럼 ─ 진찰실에서 사흘 동안 자궁에 탐침관을 넣고 돌아다녔다고 알리는 여자의 목소리를 듣고는 갑자기 땀에 흠씬 젖게 될 그의 모습을. 딜레마 탓에 꼼짝달싹 못 하는 그의 모습을. 그 여자를 진찰한다면, 법이 강제하는 대로 그 도구를 곧바로 꺼내서, 그녀가 원하지 않는 임신을 유지시켜야만 했다. 그 여자를 진찰하지 않으면, 그녀가 죽을 위험에 처할지도 모를 일이었다. 뭘 선택해도 좋은 건 하나 없었고, 그는 홀로 처리해야 했다. 그러니 마소지네스트릴이나 알려 주자.)

N. 의사가 알려 준 약을 사려고 메트로폴 카페 맞은편 거리에 있는 제일 가까운 약국으로 들어갔다. 여자가 나를 맞았다. "처방전 있어요? 처방전 없이는 이 약을 줄 수 없어요." 나는 약국 중앙에 자리 잡고 있었다. 계산대 뒤로 하얀 가운을

---

24 [원주] Masogynestril. 이제는 판매되지 않는 자궁용 진통제인데, 이름이 확실하지 않다.

걸친 약사 두세 명이 나를 바라봤다. 처방전이 없다는 사실은 내가 죄를 지었음을 증명했다. 그들이 내 옷을 뚫고 탐침관을 들여다보고 있는 느낌이었다. 그 순간 엄청난 절망감에 사로잡혔다.

(처방전 있어요? 처방전이 있어야만 해요! 나는 이런 말을 한 번도 들어 본 적이 없었던 터라, 처방전이 없다는 말을 듣자 아무렇지도 않게 바로 표정을 숨겨 버리는 얼굴 또한 결코 본 적이 없었다.

이 글을 쓰며 가끔씩 터져 나오는 분노나 고통에 빠져들지 말아야 한다. 내 삶에서 그 순간 하지 않았던 일을 이 텍스트에 쓰고 싶지는 않다. 혹은 아주 조금이라도 소리를 지르거나 울고 싶지 않다. 약사의 질문을 들으며, 탐침관이 잠겨 있던 대야 옆에 놓인 빗을 보며, 내게 전해진 감정을 있는 그대로, 변화 없이 흘러가는 불행의 감정을 아주 가까이에서 느끼고 싶을 뿐이다. 왜냐하면 이 이미지들을 생각하면서, 그 당시 내가 느꼈던 바와 전혀 상관없는 말들을 다시 떠올리면서 느끼는 충격은 그저 글쓰기를 하며 느끼는 감정이기 때문이다. 말하자면 그 충격은 글쓰기를 가능하게 하며, 글쓰기라는 진실의 기호를 이룬다.)

주말, 학교 기숙사에는 외국인 여학생들과 부모들이 먼 곳에 사는 여학생들 몇몇만이 남아 있었다. 기숙사 옆에 위치한 학생 식당은 닫혀 있었다. 어쨌든 누구와도 얘기할 일은 없었다. 기억을 더듬어 보면 두려움은 없었고, 기다림 말고 달리 할 수 있는 일이 전혀 없었기에 알 수 없는 평온함을 느꼈다.

책을 읽을 수도, 음악을 들을 수도 없었다. 종이 한 장을 집어서 파사주 카르디네를 그렸다. 임신 중절 시술사의 집에서 내려올 때, 골목 끝에 다다라야 겨우 틈이 보일 정도로 서로 붙어 있던 높은 벽들을 떠오르는 대로 그렸다. 어른이 되어 유일하게 스스로 그림을 그려 보고 싶었던 때였다.

일요일 오후, 노르망디 지방의 몽생에낭에 가서 춥지만 볕이 좋은 거리를 걸어 다녔다. 이제 탐침관이 걸리적거리지 않았다. 내 배 속의 일부분이 된 물건이었다. 그저 너무 빨리 움직이지는 말라고 질책하는 동맹군이었다.

1월 19일 일기. '작은 통증들. 태아가 죽어서 떠나가려면 시간이 얼마나 필요할까. 누군가가 나팔로 「라 마르세예즈」[25]를 연주하고, 위층에서는 웃음소리가 들린다. 이 모든 것이 인생이다.'

(그러니까 불행하지는 않았다. 팔 년이 지나, 첫 번째 책 『빈 장롱』을 쓰기 위해 다시 한 번 그 방과 그 일요일을 어쩔 수 없이 떠올리며 정말로 불행을 맞닥뜨렸으리라. 내 인생의 스무 해를 그 일요일과 그 방 속에 붙잡아 두고 싶은 욕망 속에서.)

월요일 아침, 탐침관과 함께 생활한 지 닷새째 되는 날이었다. 다음 주 토요일에 부모님을 볼 수 있을지 어떨지 걱정스러워서, 부모님 댁에 빨리 다녀오려고 오후에 Y로 가는 기차를 탔다. 어쩌면 평소처럼 내가 어떤 위험에 처하게 될지 아닐지 알아보기 위해 동전 던지기를 했을지도 모르겠다. 겨울치고는 온화한 날씨였고, 엄마는 방마다 창문을 다 열어 두었다. 나는 팬티를 확인했다. 성기에서 나오기 시작한, 탐침관을 따라 흘

---

25 프랑스 국가.

러나오는 피와 양수에 젖어 있었다. 어린 시절부터 늘 같은 풍경이었던 동네의 작고 낮은 집들과 정원들을 바라보았다.

(이제 이 이미지 위로 구 년 전의 다른 이미지가 포개진다. 피와 분비액이 뒤섞인 커다란 선홍빛 흔적의 이미지. 내가 학교에 간 사이 죽은 어미 고양이가 내 베개 한가운데에 남긴 흔적. 4월의 어느 오후, 내가 집에 돌아왔을 때 이미 매장까지 해 버린, 배 속에 죽은 새끼들을 밴 어미 고양이의 흔적.)

루앙으로 가려고 다시 4시 20분 기차를 탔다. 사십 분 정도밖에 걸리지 않았다. 평상시처럼 네스카페와 농축 우유, 비스킷 몇 상자를 챙겨 왔다.

그날 저녁, 파뤼쉬 시네 클럽에서는 「전함 포템킨」[26]을 상영했다. O.와 함께 극장에 갔다. 처음에는 주의를 기울이지 않았던 통증들이 간격을 두고 내 배를 조여 왔다. 자궁 수축이 올 때마다 숨을 참으며 화면을 뚫어져라 바라봤다. 간격이 짧아졌다. 영화를 더는 볼 수 없었다. 쇠고리에 엄청나게 큰 고깃덩어리가 매달려 있었고, 거기에 벌레가 우글거리는 장면. 내가 기억하는 영화의 마지막 이미지이다. 자리에서 일어나 기숙사로 달려갔다. 침대에 누워서, 소리를 참아 가며 침대 머리맡을 꼭 쥐기 시작했다. 구토를 했다. 한참 후 영화가 끝나고 O.가 들어왔다. 그녀는 내 옆에 앉았다. 뭘 해야 하는지도 모르면서, 고통 없이 해산하는 여자들처럼, 작은 개처럼 숨을

---

26 소련의 세르게이 예이젠시테인 감독이 연출한 1925년 영화.

쉬라고 말했다. 나는 고통 속에서 헐떡거리기만 했고, 통증은 가시지 않았다. 자정이 지난 시각이었고, O.는 도움이 필요하면 부르라고 말하고는 자러 갔다. 우리 중 누구도 그다음에 어떤 일이 일어날지 몰랐다.

소변이 엄청나게 마려웠다. 복도 반대편에 있는 화장실로 달려갔고, 문 앞에 있는 변기 앞에 쪼그리고 앉았다. 허벅지 사이로 타일이 보였다. 온 힘을 다 주었다. 수류탄이 터질 때처럼 문까지 물이 튀었다. 작은 아기 인형 같은 형체가 불그스름한 줄 끝에 매달려 성기에서 대롱대롱했다. 이것이 내 안에 자리했다는 사실을 상상할 수 없었다. 그걸 가지고 내 방까지 걸어가야만 했다. 손으로 쥐었다. ── 낯선 무게감이었다. ── 그리고 내 허벅지 사이에 그것을 꼭 끼고 복도로 걸어 나갔다. 나는 짐승이었다.

O.의 방문은 살짝 열려 있었고 빛이 새어 나왔다. 그녀를 부른 후 조용히 말했다. "나왔어."

우리는 둘 다 내 방에 있다. 다리 사이에 태아를 놓고 침대 위에 앉아 있다. 우리는 무엇을 해야 할지 모른다. O.에게 탯줄을 끊어야 한다고 말한다. 그녀가 가위를 집어 든다. 어느 부분을 잘라야 할지 모르지만, 그녀는 그것을 자른다. 우리는 커다란 머리에 투명한 눈썹 아래로 두 개의 푸른 점 같은 눈이 있는 작은 몸을 바라본다. 인디언 인형 같다. 성기를 바라본다. 작은 남자 성기 같다. 그러니까 내가 아기를 만들어 낼 수도 있었다. O.는 스툴에 앉아서 울고 있다. 우리는 조용히 운

다. 삶과 죽음이 공존하는, 말로 표현 못 할 장면이다. 희생의
장면.

우리는 태아를 어떻게 해야 할지 모른다. O.가 방에 가서
빈 비스킷 봉지를 찾아온다. 그리고 내가 그 안에 그것을 넣는
다. 나는 봉지를 들고 화장실로 간다. 안에 돌멩이가 있는 것
같다. 변기 위에서 봉지를 뒤집는다. 변기 물을 내린다.

일본에서는 중절한 태아를 미즈코(水子), 물의 아이라고
부른다.

그날 밤의 행동들은 저절로 그렇게 되었다. 그 당시 그렇
게 말고는 달리 할 수 있는 일이 없었다.

신앙심과 부르주아적 신념에 따랐다면, O.는 석 달 된 태
아의 탯줄을 자르지 못했으리라. 지금 이 순간, 어쩌면 그녀는
이 일화를 설명할 수 없는 혼돈, 자기 삶의 비정상적인 사건으
로 기억할지도 모른다. 어쩌면 그녀는 자발적 임신 중절을 비
난할지도 모른다. 그렇지만 울고 있던 시무룩한 작은 얼굴을
떠올려 보면, 그녀는 그날 밤 여자 기숙사 17호실에서 임시
산파 역할을 하며 내 곁을 지켜 준 유일한 사람이었다.

나는 피를 흘렸다. 처음에는 그리 신경 쓰지 않았다. 모든
것이 끝났다고 생각했었으니까. 잘린 탯줄에서 피가 불규칙
하게 쏟아졌다. 나는 침대 위에 움직이지 않고 누웠다. O.는
수건들을 건넸는데, 피가 빠르게 스며들었다. 의사들은 만나
고 싶지 않았다. 지금까지 그들 없이도 잘 해결했으니까. 자리
에서 일어나고 싶었는데 갑자기 눈앞이 번쩍였다. 출혈로 죽

을지도 모르겠다는 생각이 들었다. O.에게 당장 의사가 필요하다고 소리를 질렀다. 그녀는 내려가서 수위실 문을 두드렸지만 답이 없었다. 그러고 나서 목소리들이 들렸다. 이미 너무 많은 피를 흘렸다고 확신했다.

당직 의사가 들어오는 장면으로 그날 밤의 2부가 펼쳐진다. 그 밤은 삶과 죽음의 순수한 경험에서 폭로와 심판의 자리로 바뀌었다.

의사는 침대 위에 앉았고, 내 턱을 손으로 쥐었다. "왜 이런 짓을 했지? 어떻게 이렇게 했냐고, 대답해!" 그는 번쩍이는 눈으로 나를 뚫어져라 쳐다봤다. 나를 죽게 내버려 두지 말라고 그에게 애원했다. "나를 보라고! 다시는 이딴 짓을 하지 않겠다고 맹세해! 결코!" 그의 광기 어린 눈 때문에 내가 맹세하지 않으면 그가 나를 죽게 방치하리라고 생각했다. 그는 처방전 노트를 꺼내면서 말했다. "넌 오텔디유[27]에 가게 될 거야." 나는 개인 병원으로 가고 싶다고 말했다. 마치 나 같은 여자가 갈 수 있는 유일한 장소란 그 병원뿐이라고 알려 주고 싶은 듯 그는 "오텔디유."라고 단호하게 한 번 더 말했다. 의사는 왕진료를 내라고 요구했다. 나는 자리에서 일어날 수 없었고, 그는 책상 서랍을 열어서 지갑 속에 든 돈을 가져갔다.

(몇 달 전, 이 장면에 대해 써 두었던 원고 뭉치를 찾아냈다. "나를

---

27   Hôtel-Dieu. 중세부터 고아, 빈민, 순례자 들을 돌보기 위해 가톨릭교회에서 설립한 공립 병원이다. 1960년대에도 비슷한 기능을 수행했으며, 오늘날에는 일반 종합 병원으로 기능이 바뀐 곳도 있다.

죽게 방치할 거다." 같은 문장처럼, 똑같은 단어를 사용했음을 깨달았다. 화장실에서 중절하던 순간을 생각할 때마다 포탄이나 수류탄이 터지거나 술통 마개가 튀어 나가는 순간 같은, 매번 똑같은 비유를 한다. 다른 단어들로 상황을 표현할 수 없고, 이런 폭발 장면과 과거의 현실을 연결시킨다는 점은 결정적으로 내가 그 사건을 그런 식으로 정말 겪었음을 보여 주는 증거처럼 여겨진다.)

들것에 실려 방에서 내려왔다. 모든 것이 흐릿했고, 안경도 쓰지 못했다. 항생제도, 그날 밤 1부에서 보여 준 냉정도, 그러니까 아무짝에도 쓸모없는 것이었다. 병원에 가서야 끝날 일이었다. 출혈이 있기 전까지는 제대로 잘했다고 생각했다. 뭐가 잘못되었는지 따져 봤다. 아마도 자르면 안 되는 탯줄을 자르면서 시작되었을지도 모르겠다. 더 이상 아무것도 통제할 수 없었다.

(이 책이 끝날 무렵이면 나는 똑같은 상황에 놓일 듯싶다. 내가 저 위에 쓴 것에 누구도 의혹을 품지 않는 한, 나의 결심과 노력, 은밀하게, 심지어 불법적으로 벌인 모든 일들이 단숨에 사라져 버릴 것이다. 오텔 디유에서 내 몸이 그랬듯이, 나는 드러낼 텍스트에 아무런 힘도 끼치지 못할 터다.)

나를 이동식 침대 위에 눕혀 사람들이 드나드는 병원 로비의 엘리베이터 앞에 두었다. 내 차례는 절대 오지 않을 듯 보였다. 배가 엄청 나온 여자애가 엄마 같아 보이는 다른 여자와 도착했다. 엄마로 보이는 여자는 이제 아기가 나올 것 같다고 말했다. 간호사는 그녀를 차갑게 대했고, 배 나온 여자는 아직 출산할 시기가 전혀 아니었다. 여자애는 병원에 있고 싶어 했고, 언쟁이 일었지만 끝내 같이 온 여자와 함께 다시 떠났다. 간호사는 어깨를 으쓱하며 말했다. "쟤, 이 주째 골치 아프게 해." 남편이 없는 스무 살 먹은 여자라는 사실을 알게 되었다. 임신 중절을 한 여자와 루앙의 가난한 동네에서 온 엄마가 될 여자아이는 똑같은 취급을 당했다. 어쩌면 나보다 저 여자를 더 멸시했을지도.

수술실에서, 나는 엄청 밝은 불빛 아래서 알몸이었다. 발받침에 두 다리를 묶어서 추어올렸다. 왜 수술이 필요한지 알 수 없었고, 내 배 속에서 꺼낼 건 하나도 없는데. 나는 젊은 외과 의사에게 뭘 하려는지 알려 달라고 간청했다. 그는 벌려진 내 두 다리 앞에 서서 소리를 질렀다. "나는 빌어먹을 배관공이 아니야!" 마취에 취해 어둠 속에 잠기기 전, 내가 마지막으로 들었던 말이었다.

("나는 빌어먹을 배관공이 아니야!" 이 문장, 이 사건을 따라 늘어서 있는 다른 문장들처럼 지극히 평범할 뿐 아니라, 생각 없이 큰 소리로 내뱉었다. 이 문장은 내 안에서 매번 폭발해서 터져 버린다. 아무리 반복해 봐도, 사회 정치학적 분석도 그 폭력성을 완화할 수 없다. 나는 그런 말을 들을 거라 '예상하지' 못했으니까. "나는 빌어먹을 배관공이 아니야!"라고 고함을 퍼붓는 고무장갑을 끼고 하얀 가운을 입은 남자를 순간적으로 본 듯싶다. 그리고 아마도 당시 프랑스 전체를 웃게 했던 페르낭 레이노[28]의 촌극에서 따왔을 이 문장은 계속해서 세계와 나

---

28 페르낭 레이노(Fernand Raynaud, 1926~1973): 1950년대와 1960년대를 풍미

의 계급을 나누고, 마치 몽둥이라도 사용한 듯 의사들을 노동자들과 중절한 여자들에게서 분리시키고, 지배자들과 지배받는 이들을 분리한다.)

눈을 떴을 때는 밤이었다. 한 여자가 들어와서 내게 제발 좀 조용히 하라고 소리쳤다. 설마 의사가 난소를 제거한 거 아니냐고 물었다. 그러더니 그녀가 갑자기 나를 안심시켰다. 간단한 소파 시술을 받았을 뿐이라며. 환자복을 입고 방에 혼자 있었다. 아기 울음소리가 들렸다. 내 배는 물렁물렁한 대야였다.

그날 밤 청소년기부터 간직해 온 내 육체를 잃어버렸음을 깨달았다. 생기 있고, 비밀스러운 성기가 달려 있던 육체, 그 후로도 달라질 것 없는 남자의 성기 — 더 생기 있고, 여전히 비밀스러운 — 를 빨아들였던 육체를. 나는 전시되고, 사방으로 벌려진 성기와 바깥으로 열어서 긁어낸 배를 갖고 있었다. 엄마의 몸과 다를 바 없는 몸이 되었다.

침대 발치에 걸려 있는 종이를 보았다. '임신한 자궁'이라고 적혀 있었다. 나는 '임신한'이라는 임상 용어를 처음으로 읽었고, 마음에 들지 않았다. '무겁다'라는 뜻의 라틴어 단어 gravidus[29]를 떠올리자 그 의미가 더욱 분명해졌다. 이제 더 이상 임신한 게 아닌데, 왜 그렇게 적어 놓았는지 이해할 수

한 프랑스의 희극 배우다. "나는 빌어먹을 배관공이 아니야!"도 그가 남긴 유행어다.

29 임상 용어로 '임신한'을 의미하는 프랑스어는 'gravide'이다.

없었다. 그러니까 내가 겪은 일을 다들 드러내고 싶지 않았던 거였다.

오후에, 삶은 고기와 잎맥이 훤히 보이는 다진 양배추로 가득 채운 접시가 내 옆에 놓였다. 거기엔 손도 댈 수 없었다. 나한테 내 태반을 먹이는 느낌이었다.

복도에서 음식물 수레를 설치하는지 아주 소란스러운 소리가 들렸다. 규칙적인 간격으로 아무에게나 말하듯 한 여자가 소리쳤다. "수유를 하는 X 부인과 Y 부인에게 수프를 줘!" 마치 특권처럼.

전날 밤 숙직한 인턴이 다녀갔다. 그는 병실 구석에 있었고, 불편해 보였다. 수술실에서 내게 함부로 군 탓에 수치심을 느끼는 듯싶었다. 그런 그가 거북했다. 그런데 내가 잘못 생각했던 거였다. 그는 그저 문과 대학 학생 — 그는 나에 대해 하나도 몰랐다. — 을 방직물 공장 노동자나 슈퍼마켓 점원처럼 취급했던 일에 수치를 느꼈을 뿐이었다. 내가 그날 밤 목격했던 것처럼.

꽤 오래전에 전등이 전부 꺼졌다. 머리가 흰 야간 간병인이 내 방으로 들어왔고, 조용히 침대 머리맡으로 다가왔다. 미등의 흐릿한 불빛 아래서 그녀가 호의적이라고 생각했다. 꾸짖는 목소리로 내게 속삭였다. "지난밤에 왜 의사한테 당신도 똑같은 학생이라고 말을 하지 않았어요?" 잠시 망설이다가 그녀가 말하는 바를 이해했다. 내가 그 의사와 같은 세계에 있다는 사실을. 그 의사는 소파 시술을 하고 나서야 내 보험 카드를 보고 내가 학생이라는 사실을 분명하게 알았을 터다. 그녀도 내 태도에 못마땅한 듯, 인턴이 놀라며 화를 내던 말을 흉내 냈다. "아 젠장, 왜 나한테 얘기를 안 했어, 왜!" 나는 그녀가 옳다고, 그가 그렇게 거친 모습을 보인 것은 전부 내 탓이라고 생각했어야 했다. 왜냐하면 그는 진료하는 사람이 누구인지 전혀 몰랐으니까.

방을 나서면서 그녀는 중절 시술을 암시하며 확신을 가지고 분명하게 말했다. "당신은 정말 조용하게 치렀네요!" 오텔디유에서 들었던 유일하게 위로가 되는 말이었다. 그렇지만 나는 그녀의 말이 여성들의 연대에서 비롯되었다기보다, 법위에 군림하는 '고위 관리들'의 권리를 '하층민들'이 수용했을 뿐이라 생각할 수밖에 없었다.

(1964년 1월 20일에서 21일 밤에 당직을 섰던 인턴의 이름을 알았다면, 그리고 내가 그걸 기억했다면, 지금 여기에 그의 이름을 썼을지도 모르겠다. 그렇지만 그의 태도는 일반적인 행동의 표본일 따름이었다. 따라서 이런 방식의 복수는 쓸모없을뿐더러, 정의롭지 못하다.)

가슴이 부풀어 오르기 시작했고, 아파 왔다. 모유가 올라와서 그렇다는 얘기를 들었다. 삼 개월 만에, 죽은 태아를 먹일 수 있도록 내 몸이 젖을 만들어 내리라고는 생각도 못 했다. 자연은 부재 속에서도 기계적으로 계속 일을 했다. 가슴을 천으로 둘러매 줬다. 한 바퀴 돌릴 때마다, 마치 가슴을 안쪽으로 집어넣으려는 듯 점점 납작해졌다. 다시는 올라오지 않으리라 생각했다. 간병인이 탕약 한 병을 테이블 위에 놓았다. "이걸 다 마시면, 가슴이 더는 아프지 않을 거예요!"

장 T.와 B. 부부가 함께 나를 보러 왔고, 나는 출혈과 오텔디유에서 겪었던 형벌 같은 처사를 이야기했다. 듣는 사람들이 기뻐하도록 유머러스하게 말했다. 그 이후로 끊임없이 떠오르는 세세한 사건들에 대해서는 하나도 말하지 않았다. L.B.와 나는 즐겁게 우리의 임신 중절을 비교했다. L.B.는 골목 어귀의 식료품 상점 주인에게서 중절을 하러 굳이 파리까지 갈 필요는 없다고, 아주 가까운 곳에도 300프랑이면 해 주는 여자가 있다는 얘기를 들었다고 말했다. 100프랑을 절약할 수도 있었을 거라며 농담을 나눴다. 모욕과 두려움 그리고 우리가 법을 어길 수밖에 없었던 모든 것에 대해서 이제는 웃으며 얘기할 수 있었다.

오텔디유에 닷새 동안 머물면서 무엇을 읽었는지 기억나지 않는다. 트랜지스터라디오는 금지 품목이었다. 삼 개월 만에 처음으로 아무것도 기다리지 않아도 되었다. 창문으로 병원의 다른 쪽 지붕을 바라보며 누워 있었다.

신생아들은 끊임없이 울어 댔다. 내 병실에는 요람이 없었다. 그런데 나도 똑같이 새끼를 낳았다. 옆방에 있는 여자들과 다르지 않다고 생각했다. 요람이 없기 때문에 오히려 그녀들보다 그런 사실을 더 잘 안다고 생각했다. 대학교 기숙사 화장실에서 나는 삶과 죽음을 동시에 잉태했다. 나는 태어나 처음으로 세대를 거듭하며 여성들이 거쳐 간 사슬에 엮여 있다는 느낌이 들었다. 겨울의 잿빛 하늘이 보였다. 나는 세상 한가운데서 불빛 속을 떠다녔다.

1월 25일 토요일, 오텔디유에서 퇴원했다. B. 부부가 수속을 대신해 줬고, 역까지 데려다줬다. 근처 우체국에서 N. 의사에게 전화를 걸어 끝났다고 알렸다. 그는 페니실린을 다시 복용하라고 충고했다. 병원에서는 아무런 약도 주지 않았기에. 부모님 댁에 가서 감기에 걸렸다고 둘러댄 후 곧바로 잠을 잤다. 부모님께 우리 가족을 돌봐 주었던 V. 의사를 불러 달라고 했다. N. 의사가 그에게 나의 임신 중절 사실을 알려 주었기에, 그는 조심스럽게 나를 진찰하고 페니실린을 처방해 줬다.

엄마가 자리를 뜨자마자, V. 의사는 도대체 누가 이렇게 했느냐고 알고 싶어 하면서 흥분한 낮은 소리로 말하기 시작했다. "왜 파리까지 갔어요. 이 동네에 누구 (그가 언급한 이름을 알지 못했다.) 엄마가 아주 잘하는데!" 이제 알 필요도 없지만, 임신 중절 시술사는 도처에 깔렸다. 어쨌든 내가 착각한 건 아니었다. 우파에 투표하고 일요일이면 미사에 참석해서 제일 첫 번째 줄에 앉는 V. 의사는, 얼마 전까지 내가 필요로 했던 주소를 일이 다 끝나고야 건네줄 수 있는 사람일 뿐이다. 그는 침대에 앉아서, 어쩌면 자신이 속한 세계로 진입할 수 있는 '평범한 계층'의 훌륭한 학생에게 매번 드러내 보였던 은밀한 공모를 너무 편하게 누렸다.

퇴원 후, 부모님 댁에서 보낸 며칠 동안, 기억나는 일이 딱하나 있다. 창문을 열어 두고, 「10-18 컬렉션」[30]에 있는 제라

---

30 1962년부터 발행된, 가로세로 길이가 각각 10센티미터와 18센티미터인 포켓판 문고.

르 드 네르발[31]의 시집을 읽으며 반쯤 누워 있다. 햇살 아래 검정 스타킹을 신고 뻗어 있는 두 다리를 바라보는데, 그것은 이제 다른 여자의 다리다.

루앙으로 돌아왔다. 춥지만 햇볕은 좋았던 2월이었다. 나는 똑같은 세계 속으로 되돌아가지 못한 느낌이었다. 지나가는 사람들의 얼굴, 자동차들, 학생 식당 테이블 위의 식판들, 내 눈에 비치는 모든 것이 의미가 넘쳐 나는 듯 보였다. 그런데 넘쳐 난다는 바로 그 이유로 단 하나의 의미를 포착할 수 없었다. 한편에는 너무나 의미가 많은 존재와 사물이 있었고, 다른 편에는 아무 의미 없는 말들과 단어들이 있었다. 언어를 넘어서는 순수한 의식이 흥분된 상태 속에 있었다. 밤도 어찌지 못했다. 깨어 있다고 생각할 정도로 얕은 잠을 잤다. 내 앞에서 작고 하얀색의 아기 인형이 떠다녔다. 쥘 베른의 소설 속 우주 비행사들을 계속해서 쫓아다니며 하늘에 떠다니는 개의 시체 같았다.

12월 중순부터 손대지 못했던 논문을 쓰러 도서관에 갔다. 읽는 데에 많은 시간이 걸렸고, 해독하는 기분이었다. 「초현실주의 문학에서 여성의 역할」이라는 논문 주제는 전반적으로는 명료해 보였지만, 이런 관점을 개념으로 풀어내지는 못했다. 나는 이상적인 이미지로 인식한 사항을 연계된 담론 속에서 표현해 내지 못했다. 형태가 없는 관점이었으며, 반박

31 제라르 드 네르발(Gérard de Nerval, 1808~1855): 프랑스 낭만주의를 대표하는 시인이자 소설가.

할 수 없는 현실이었다. 책을 보느라 고개를 숙이고 있는 학생들보다, 도서관 카드함에서 서지 정보를 찾는 여학생들 곁을 배회하는 뚱뚱한 경비원보다 더 실재적인 현실이었다. 나는 말로 표현 못 하는 지성에 취해 있었다.

방에서 바흐의 「요한 수난곡」을 들었다. 독일어로 그리스도의 수난을 암송하는 복음주의자의 고독한 목소리가 커졌을 때, 그것은 알 수 없는 언어로 이야기된 10월부터 1월 사이의 내 시련처럼 여겨졌다. 그리고 합창이 들렸다. Wohin! Wohin! 거대한 지평이 열렸고, 파사주 카르디네의 부엌, 탐침관과 피가 세계의 고통과 영원한 죽음 속에 녹아내렸다. 구원받은 느낌이었다.

신성한 무엇처럼 1월 20일과 21일 밤의 비밀을 내 몸속에 간직한 채 거리를 걸었다. 내가 공포의 끝에 있었는지, 아름다움의 끝에 있었는지 모르겠다. 자긍심을 느꼈다. 어쩌면 고독한 항해자들, 약물 중독자들과 도둑들, 혹은 다른 이들은 결코 가려고 하지 않는 곳까지 경험해 본 사람들만이 느낄 수 있는 자긍심처럼 생각되었다. 이런 감정의 무언가가 나로 하여금 이 이야기를 쓰게끔 이끌었다.

어느 저녁, O.가 나를 저녁 파티에 데려갔다. 지하 술집의 안쪽에 앉아서 다른 이들이 춤추는 모습을 보았다. 그중 그해 겨울 유행하는 하얀색 울 원피스를 입은 아니 L.의 황홀한 얼굴과 다른 이들이 즐거워하는 모습을 보고 놀랐다. 그녀는 내 처지를 또다시 인식시켜 주었다. 나는 뭐가 뭔지도 모를 모임에 초대받지 못한 손님이었다.

어느 오후, 의대생 제라르 H.를 따라 부케 거리에 있는 그의 방으로 갔다. 그는 내 스웨터와 브래지어를 벗겼고, 나는 자그마하고 내려앉은 내 가슴을 보았다. 이 주 전만 해도 젖이 가득 차 있었다. 그에게 그것에 대해, P.-R. 부인에 대해 말하고 싶었다. 그 남자에 대한 욕구가 사라졌다. 우리는 그저 그의 엄마가 만들어 준 케이크만 먹었다.

또 다른 오후, 마른(Marne) 대로 근처에 위치한 생파트리스 성당에 들어가서 신부에게 임신 중절을 했다고 고해했다. 이내 내가 실수했음을 깨달았다. 나는 광명을 찾았다고 느꼈는데, 그에게 나는 범죄자일 뿐이었다. 성당을 나오며 나는 종교의 시대가 끝났음을 알았다.

한참 후, 3월에 처음 산부인과를 방문할 때 버스 정류장까지 같이 가 주었던 자크 S.를 도서관에서 만났다. 그는 내게 논문을 얼마나 썼는지 물었다. 우리는 도서관 로비에서 나왔다. 습관처럼 그는 내 주변을 돌며 말했다. 그는 크레티앙 드 트루아[32]에 관한 논문을 5월에 제출할 거라고 얘기했고, 내가 이제야 논문을 쓰기 시작했다는 사실을 듣고 놀랐다. 에둘러서 중절했다는 사실을 알려 줬다. 나는 마치 노동자들을 다른 세계의 사람들처럼 여기는 공장 사장의 아들한테 맞서는 심산

32 크레티앙 드 트루아(Chrétien de Troyes, 1130?~1190?): 중세 프랑스 문학을 대표하는 작가.

으로, 어쩌면 계급에 대한 증오나 오만함을 담은 채로 말했을 지도 모르겠다. 내가 한 말의 의미를 알아듣자, 그는 그대로 멈춰 서서 동그랗게 뜬 두 눈으로 나를 바라보았다. 그는 눈앞에 보이지도 않는 장면에 경악하며, 기억 속 남자들에게서 매번 찾아내는 매혹에 휩싸였다.[33] 그는 되풀이해서 말했다. "잘했어, 친구, 멋져!"

N. 의사의 진료실에 다시 갔다. 대수롭지 않은 검사를 한 뒤, 그는 웃으면서 찬사와 만족감을 드러내며 "잘 벗어났다." 라고 말했다. 엉겁결에 그도 내가 겪은 폭력을 개인의 승리로 탈바꿈시키려고 나를 부추겼다. 그는 피임 도구라며 질 안쪽에 넣는 페서리와 살(殺)정자 젤리 두 개를 주었다.

탐침관을 P.-R. 부인에게 돌려보내지 않았다. 돈을 지불했으니까 그렇게 하지 않아도 되리라 생각했다. 언젠가 부모님 차를 탄 적이 있었는데, 길가 숲속에 가서 그것을 던져 버렸다. 한참 후, 내가 했던 행동을 후회했다.

---

33 [원주] 그리고 존 어빙(John Irving)의 소설 『신의 작품, 악마의 몫』에서 작가가 사로잡혔던 엄청난 매혹도 나는 바로 알아봤다. 작품 속 인물의 가면을 쓰고, 그는 끔찍한 불법 임신 중절 시술로 죽어 가는 여성들을 바라본다. 그리고 모범적인 병원을 만들어 여성들이 그 안에서 제대로 된 중절 시술을 받도록 하고, 출산 후 버려진 아이들도 그곳에서 자라게 한다. 작가는 여성들의 삶과 죽음에 관한 능력을 자신의 것으로 만들어 규제한다. 자궁과 피에 대한 몽상.
(옮긴이 주: 존 어빙은 미국의 소설가이자 시나리오 작가다. 프랑스어로 『신의 작품, 악마의 몫』으로 번역된 책의 원제는 'The Cider House Rules'이며 같은 제목으로 영화화되어 2000년 미국 아카데미 영화제에서 시나리오상을 수상했다.)

이른바 정상이라고 부르는, 모호한 진술이지만 다들 그 의미를 아는, 즉 반짝이는 세면대와 기차 안 여행객들의 머리를 보는 일이 더는 문제가 되거나 고통스럽지 않은 세계로 되돌아온 게 언제인지 모른다. 논문을 쓰기 시작했다. 중절에 들어간 돈을 조금씩 갚기 위해 저녁에는 아이들을 돌봤고, 심장병 전문의의 전화를 받는 일도 했다. 오드리 헵번과 케리 그랜트가 주연한 「샤레이드」, 잔느 모로와 벨몽도가 나오는 「바나나 껍질」과 아무 기억도 나지 않는 영화들을 보았다. 긴 머리카락을 잘랐고, 안경을 콘택트렌즈로 바꿨는데, 렌즈를 끼는 일은 질 속에 페서리를 넣는 것만큼 어렵고 불확실했다.

P.-R. 부인만은 결코 다시 만나지 않았다. 그녀에 대한 생각이 머리를 떠나지 않았다. 의식하지 않았지만, 어쩌면 탐욕스러웠을 그 여자 — 그런데 집은 초라했다. — 는 내게서 내 엄마를 앗아 갔고, 나를 세상에 내던졌다. 이 책의 헌사를 바쳐야 할 사람은 그녀다.

여러 해 동안, 1월 20일에서 21일 밤은 기념일이었다.

이제 아이들을 가지고 싶다는 생각이 들기까지 이런 시련과 희생이 필요했음을 안다. 내 몸속에서 재생산이라는 폭력을 받아들이기 위해서, 내 차례가 되어 세대들이 거쳐 가는 장이 되기 위해서 말이다.

삶과 죽음, 시간, 도덕과 금기, 법을 포함하는 인간의 모든 경험, 육체를 통해 극과 극을 오간 경험으로 여겼던 사건을 단어들로 표현하는 일을 끝냈다.

분명 무슨 일이 일어났지만, 아무것도 하지 못했던 이 사건에 대해 단 한 번도 느껴 보지 못했던 유일한 죄책감을 지웠다. 재능을 받았지만 낭비해 버린 듯. 경험한 사건에서 찾을 수 있는 사회적이고 심리적인 이유가 아니라, 모든 이유를 넘어서서 무엇보다 가장 확실하게 여겨지는 이유가 하나 있다. 그저 사건이 내게 닥쳤기에, 나는 그것을 이야기할 따름이다. 그리고 내 삶의 진정한 목표가 있다면 아마도 이것뿐이리라. 나의 육체와 감각 그리고 사고가 글쓰기가 되는 것, 말하자면 내 존재가 완벽하게 타인의 생각과 삶에 용해되어 이해할 수 있는 보편적인 무엇인가가 되는 것이다.

오늘 오후 17구에 있는 파사주 카르니네에 나시 가 봤다. 파리 지도를 펼쳐 놓고 여정을 살폈다. P.-R. 부인의 집에 갈 시간을 기다렸던 카페와 한참 동안 머물러 있었던 생샤를르 보로메 성당에 다시 가 보고 싶었다. 지도에는 생샤를르드몽소만 있었다. 어쩌면 똑같은 성당인데 이름만 바꾸었으리라 생각했다. 말제르브 역 쪽으로 내려가서, 토크빌 거리까지 걸었다. 4시 정도 되었고, 화창한 날씨인데 엄청 추웠다. 파사주 카르디네 초입에 새로운 거리 표지판이 달려 있었다. 그 위로, 읽기 힘든 검은색 글자가 적힌 옛 표지판이 그대로 있었다. 거리는 텅 비어 있었다. 어떤 건물 1층에 '센에와즈 지방 나치 수용소 생존자 협회'라는 커다란 표지판이 있었다. 그것을 본 기억이 전혀 없었다.

P.-R. 부인의 집이 있던 번지수에 도착했다. 문 앞에 멈춰 섰는데, 닫혀 있었다. 비밀번호를 눌러 문을 여는 잠금장치가 달려 있었다. 거리로 더 나가서 차도 한복판까지 갔다. 골목 끝, 두 벽 사이로 새어 나오는 가는 빛을 바라보면서. 아무도

마주치지 않았고, 자동차 한 대조차 지나가지 않았다. 나는 아무러 감정도 느끼지 못하는 인물의 행동을 재연하는 느낌이었다.

파사주 카르디네 끝에서 오른쪽 길로 접어드니 성당이 나왔다. 보로메가 아니라 생샤를르드몽소였다. 그 안에는 리타 성녀의 상이 있었다. '절망한 이들을 위한' 성녀라고 쓰여 있었기에, 그날 성녀에게 초를 놓았으리라 생각했다. 다시 토크빌 거리로 나갔다. 차를 마시며 약속 시간을 기다렸던 카페는 어디일까 생각했다. 바깥 풍경을 보며 그 무엇도 떠오르지 않았지만, P.-R. 부인의 집에 가기 직전에 내려갔던 지하 화장실만은 분명하게 알아볼 수 있으리라 확신했다.

브라자 카페에 들어갔다. 핫초콜릿을 주문하고 교정할 과제물을 꺼냈지만 한 줄도 읽을 수 없었다. 화장실을 보러 가야만 한다고 속으로 계속 말했다. 젊은 커플이 테이블 위로 몸을 숙이며 입을 맞췄다. 마침내 자리에서 일어나 종업원에게 화장실을 물었다. 카페 안쪽에 있는 문을 가리켰다. 그 문은 세면대 위에 거울이 있는 작은 공간으로 연결되었고, 오른쪽에는 화장실 문이 있었다. 좌변기가 없는 화장실이었다. 삼십 년 전 카페의 화장실도 이랬는지 기억나지 않았다. 그 당시라면 내가 놀랐을 법한 사항은 아니었다. 거의 모든 공공장소의 화장실은 이렇게 생겼었으니까. 시멘트 바닥에 구멍이 있고, 발을 놓고 쪼그릴 수 있게끔 두 발의 위치가 새겨져 있었다.

말제르브 역 플랫폼에서 나는 무슨 일이 일어나길 바라며 파사주 카르디네에 다시 왔다고 생각했었다.

1999년 2월에서 10월

옮긴이
윤석헌

한국외국어대학교 불어과를 졸업하고 같은 대학원에서 불문학 석사 학위를 받았으며, 파리 8대학교에서 조르주 페렉 연구로 박사 과정을 수료했다. 프랑스 소설을 전문으로 소개하는 레모 출판사를 운영하며 다양한 프랑스 문학을 번역, 소개하고 있다. 옮긴 책으로는 호르헤 셈프룬의 『잘 가거라, 찬란한 빛이여⋯』, 크리스텔 다보스의 『거울로 드나드는 여자』, 델핀 드 비강의 『충실한 마음』, 조르주 페렉의 『용병대장』(근간), 앙드레 지드의 『팔뤼드』(근간) 등이 있다.

사건

1판 1쇄 펴냄 2019년 10월 18일
1판 7쇄 펴냄 2023년 10월 26일

지은이 아니 에르노
옮긴이 윤석헌
발행인 박근섭, 박상준
펴낸곳 (주)민음사

출판등록 1966. 5. 19. 제16-490호
서울시 강남구 도산대로 1길 62(신사동)
강남출판문화센터 5층 06027
대표전화 02-515-2000 팩시밀리 02-515-2007
www.minumsa.com

ISBN 978 89 374 2958 3 04800
ISBN 978 89 374 2900 2 (세트)

* 잘못 만들어진 책은 구입처에서 교환해 드립니다.

쏜살   자기만의 방 버지니아 울프 | 이미애 옮김

엄마는 페미니스트 치마만다 응고지 아디치에 | 황가한 옮김

마르그리트 뒤라스의 글 마르그리트 뒤라스 | 윤진 옮김

사건 아니 에르노 | 윤석헌 옮김

여름의 책 토베 얀손 | 안미란 옮김

두 손 가벼운 여행 토베 얀손 | 안미란 옮김

이별의 김포공항 박완서

해방촌 가는 길 강신재

소금 강경애 | 심진경 엮고 옮김

런던 거리 헤매기 버지니아 울프 | 이미애 옮김

지난날의 스케치 버지니아 울프 | 이미애 옮김

물질적 삶 마르그리트 뒤라스 | 윤진 옮김

뭔가 유치하지만 매우 자연스러운 캐서린 맨스필드 | 박소현 옮김

엄마 실격 샬럿 퍼킨스 길먼 | 이은숙 옮김

제복의 소녀 크리스타 빈슬로 | 박광자 옮김

가는 구름 히구치 이치요 | 강정원 옮김

꽃 속에 잠겨 히구치 이치요 | 강정원 옮김

배반의 보랏빛 히구치 이치요 | 강정원 옮김

세 가지 인생(근간) 거트루드 스타인 | 이은숙 옮김